河出文庫

古典新訳コレクション

雨月物語

円城塔 訳

河出書房新社

雨月物語　目次

雨月物語

序文

羅子撰水滸《すいこでんのさくしゃのいえには》、
而三世生唖児《さんだい、くちのきけないこがうまれた》。
紫媛著源語《げんじものがたりをかいたせいで》、
而一旦堕悪趣者《むらさきしきぶはじごくにおちたともいわれる》。
蓋為業所偪耳《つくりばなしでひとをまどわせたからだ》。
然而観其文《そのぶんしょうをしらべてみると》、
各々奮奇態《いろいろなものでもりだくさんで》、
嗥哢逼真《いきおいもくふうしてあり》、
低昂宛転《よくようがありなめらかで》、
令読者心気洞越也《どくしゃのこころとひびきあうようにつくられていいて》、
可見鑑事実于千古焉《せんねんあとにもじじつをつたえるようなはくりょくがある》。

余適有鼓腹之閑話《わたしもちょっとしたむだばなしのもちあわせがあり》、
衝口吐出《でまかせにしるしてみたが》、
雉雊龍戦《へんなはなしばかりである》。
自以為杜撰《じぶんでもまずいものだとおもう》。
則摘読之者《まさかこれをよむひとのなかには》、
固当不謂信也《ほんとうだとおもうひともいないだろう》。
豈可求醜唇平鼻之報哉《だからまあ、ほらばなしだからとばちがあたることもないとおもう》。
明和戊子《めいわごねんのさんがつ、》晩春《はるのおわり》。
雨霽月朦朧之夜《あめははれ、つきがおぼろにてらすよるである》。
窓下編成《このげんこうをととのえて》、
以畀梓氏《しゅっぱんしゃにわたそう》。
題曰雨月物語《だいして、うげつものがたりとすることにした》、云。
剪枝畸人書《せんしきじんはさみのてでしるす》。

子虚後人《でんせつのほらふきのすえ》　遊戯三昧《ひたすらきょじつにあそぶ》

白《しら》峰《みね》

世に逢坂《おうさか》の関《せき》は許さじ、と名高い関所を抜けて東国の歌の名所を巡る旅には出たものの、秋の紅葉《もみじ》も見すごしがたく、尾張《おわり》に入れば浜千鳥《はまちどり》の足跡続く鳴海《なるみ》の浜を、先へ進めば煙を上げる富士《ふじ》の山をと心惹《ひ》かれるものばかり、駿河《するが》の国の浮島《うきしま》が原《はら》、清見《きよみ》が関《せき》と歩を進め、ようやく相模《さがみ》の国は大磯《おおいそ》小磯《いそ》の浦々をすぎた。紫匂うと詠《うた》われる武蔵野《むさしの》を渡り北へ北へと、陸奥《むつ》塩竈《しおがま》の朝穏やかに、山々を越え出羽《でわ》の象潟《きさがた》、苫《とま》葺《ぶ》き小屋を能因法師《のういんほうし》の歌に重ねて、帰路には上野《こうずけ》の国の佐野《さの》の舟橋《ふなはし》、信濃《しなの》の国の木《き》曾《そ》の桟《かけはし》と名残《なごり》惜しさばかりがつのる。

仁安《にんあん》三年の秋にはとうとう、西国の名所へ向かう気持ちを抑え切れずに、葦《あし》の花散る難波《なにわ》を越えて、須磨《すま》、明石《あかし》の浦の浜風に身を晒《さら》し、讃岐《さぬき》の国は真尾坂《みおざか》の林《はやし》と呼ばれる場所に辿《たど》り着いたところでようやく杖《つえ》をとどめる気持ちとなった。草を枕に続ける旅に疲れを覚えるはずもなし、仏道の修行のために結んだ庵《いおり》である。

里の近く、白峰《しらみね》と呼ばれる場所にはなんと、保元《ほうげん》の乱に敗れて追放された新院《しんいん》の墓があるのだと聞く。それは供養《くよう》して差し上げなければと、十月のはじめ、その山に上る。松や柏《かしわ》が奥行き深く重なり伸びた万葉の昔のような森の中では晴れていてさえ小雨がそぼ降るようであり、体が冷たく濡《ぬ》れてくる。背後には児《ちご》が嶽《だけ》と呼ばれる崖が切り立ち、千仞《せんじん》の谷の底から、雲のように湧き上がる霧に伸ばした手さえ見えないような有様で、一歩先も覚束《おぼつか》ない。木立がわずかに切れたところに、小高く土を盛ってあり、石を三重に積んだらしいが、荊《いばら》や蔓《かずら》に覆われ埋もれ、荒れ果てている。これがかの新院の墓ということなのかと心は乱れ、現《うつつ》だとも思われないが、かといって夢であるはずもない。

かつて、旅に出る以前にお目にかかったときには、紫宸殿《ししんでん》、清涼殿《せいりょうでん》の玉座にあって政務を執られ、文武百官口をそろえて英明の天子であると敬い、指図を受けたものである。位を弟君の近衛帝《このえ》にお譲りになってからは、父君の鳥羽院《とばいん》に次ぐ新たな上皇、新院として仙洞御所《せんとう》にお住まいになっておられたものを、まさかこのような鹿の他には訪れる者とていない山奥の草やぶの下に忘れ去られることになろうとは、たとえ万乗《ばんじょう》の天子であっても、ついに前世の因縁にとりまかれ、罪を逃れることができなかったのだと、人の世の儚《はかな》さを思うにつけて湧き出す涙の止めようもない。せめて一晩供養して差し上げようと墓前に平らな石を見つくろい姿勢を正した。経文を読み進める合間には歌を詠《よ》んでお慰めする。

松山の浪《なみ》のけしきはかはらじをかたなく君はなりまさりけり
(松山の潟《かた》の波は古歌のとおりに今も寄せては返しているのに、我が君は跡形もなく、もはやとり返しようもない)

そうやって心をこめて供養を続ける間にも露が下り、落ちる涙に袖は重たく濡れていく。気がつくと陽《ひ》は暮れており、山奥の夜はただごとでない雰囲気となり、石の寝床に木の葉の布団《ふとん》といった風情では寒さを防ぐ手だてさえなく、心はひたすら澄み渡り、体は骨まで凍えきり、なにがということはできないなりに、ただただ凄《すさ》まじさばかりがつのる。月も出るには出たものの、光は木々に遮られ、地面までは届かない。一寸先も見えない闇に沈んだままで眠るとも醒《さ》めるともつかない心地でいると、

「円位《えんい》、円位」

と確かに我が名を呼ぶ声がした。瞼《まぶた》を開き闇に目を凝らしてみると、痩《や》せ衰えて背の高い異形の者がこちらを向いて立っている。顔貌《かおかたち》や衣服の仔細《しさい》はよくわからない。円位と法名《ほうみょう》で呼ばれたこの西行《さいぎょう》は深く仏道に帰依《きえ》した身だから、怖いと思うこともなく、

「そこにいるのは誰か」

と問うた。相手は応《こた》えて、

「先の歌への返歌を聞かせてやろうと現れたのだ。

松山《まつやま》の浪《なみ》にながれてこし船のやがてむなしくなりにけるかな

（松山の波に流されてきた船は都《みやこ》にかえることもなく、

そのままこの地で朽ち果てたのだ）

よくぞ参った」と言う。

これは新院、崇徳院《すとくいん》の霊であると気づいた西行は地に伏して、涙を流し口を開いた。

「一体どうして、未《いま》だにお迷いのままこの世をさまよっておいでなのです。汚濁《おじょく》に満ちた現世を離れたことをうらやましく思えばこそ、今宵《こよい》ここに御供養申し上げ、仏縁にあやかろうとしておりましたものを、そのような姿をお見せになるとは、お目にかかれたことが嬉《うれ》しくないとは申しませんが、心ないなさりようで御座います。ただただこの世への執着を捨て、み仏の位にお上り下さい」と誠意をこめてお諫《いさ》めした。

新院は呵々《からから》と笑い捨て、

「汝《なれ》は知るまい。この頃の世の乱れは全てこの朕《われ》の仕業である。生前よりかねて魔道に心を傾け、平治《へいじ》の乱を引き起こし、死してなお、朝廷に祟《たた》りを見舞っておるのだ。見ておるがよい。やがて天下に大乱を引き起こしてくれようぞ」と言う。

西行はこれを聞いて涙を拭《ぬぐ》い、

「なんと、そのような浅ましいお心うちを伺《うかが》うことになろうとは。あなた様はもともと聡明《そうめい》とされたお方ですから王道の理屈はよく御存知のはず。試みにお訊《たず》ね申し上げたい。

先の保元の乱での弟君の雅仁《まさひと》様、後白河《ごしらかわ》帝への御謀反《ごむほん》は、天の定めた万世一系の道理にかなうものとお考えになって立たれたものか、それとも御自身の私利私欲から計略を巡らせたのか、真意をお聞かせ願いたい」

院はさっと顔色を変え、

「聞くがよい。帝《みかど》の位は人の極みである。もし上位の者が人倫を乱したならば、天命の示すところに従い、民の望みを容《い》れて、これを討たねばならぬ。

そもそもを言うならそれ以前、永治《えいじ》の年に、なんの落ち度もない朕《われ》が、父帝、鳥羽院の命に従い、まだ三歳の異母弟、体仁《なりひと》に帝位を譲り近衛帝とするのを許したことだけから見ても、私欲が深いとされる謂《い》われはない。

体仁が早世したのち、当然、朕《わ》が皇子《みこ》、重仁《しげひと》にこそ国を譲るべきものと誰もが思っていたところ、体仁の母、義母の美福門院《びふくもんいん》のたくらみにより、またしても弟である雅仁に帝位を奪われたのをなにも怨《うら》みに思うなと申すか。朕《わ》が子、重仁には統治の才がある。雅仁になんの器量があろうか。持って生まれた徳を無視して、天下のことを後宮で決裁したのは、父帝の罪である。

それでもまだ父帝が存命のうちは、子としての孝信の道を守って反抗の気配も見せなかったが、お亡くなりになった以上はいつまでもおとなしくしている道理はないと、武力に訴えることにしたのだ。臣下として主君を討つのさえ、天命に応じ民の願いにかなうなら、紂王《ちゅうおう》を討ち、八百年にわたる泰平の礎《いしずえ》を築いた周《しゅう》の武王《ぶおう》という先例がある。ましてや、しかるべき位にある身にして、雌鶏《めんどり》が横からくちばしを挟んだせいで乱れた世を正そうとしたのを、道理を踏み外したと非難される謂われはない。

出家して仏道に溺れ目がくらみ、自身の解脱《げだつ》という私欲を満たそうとするのはお前の方で、この世の道理を仏道の言う因果によって丸め込み、堯《ぎょう》や舜《しゅん》による聖人の教えと、仏法とをとり混ぜて朕《われ》に説教しようというのか」と声を荒らげて迫った。

これを聞いた西行は恐れ気もなく膝を進めて、

「あなた様のお言葉は、人の道を説くふりをしているだけで俗世の私欲を一歩も離れておりません。

遠く唐土《もろこし》の故事を引くまでもなく、この国でも昔、誉田《ほんだ》の天皇、応神帝《おうじん》が、兄皇子の大鷦鷯《おおさざき》の王《きみ》をさしおき、末弟の菟道《うじ》の王《きみ》を皇太子としたことがありました。応神天皇が亡くなったのち、御兄弟は互いに位を譲り合い、どちらも即位しようとはしませんでした。三年が経《た》っても決着がつく気配はなく、深くお悩みになった菟道の王は、『こうしていつまでも生き延びて、天下を騒がしてはいられない』と御自害なされ、やむをえず兄皇子が即位なさって仁徳帝《にんとく》となられたのです。

これこそ、天命を重んじ、孝悌《こうてい》の道を守り、忠義を尽くして私欲のない行いと呼ぶべき、君主の振る舞いです。堯や舜のごとき聖人の道というものです。この国で儒教を尊び、政《まつりごと》の支えとしたのは、この菟道の王が百済《くだら》の王仁《わに》博士をお召しになって学ばれたのがはじまりであり、この御兄弟のお心こそ、唐土の聖人の心と言うべきなのです。

また、『孟子《もうし》』という書物には、『周を開いた武王は、民を想《おも》う心から紂王を討ち、天下を安んじたのであり、臣下として君主を弑《ころ》したと言うべきではない。仁を外れ義を失った紂というひとりの男を成敗しただけである』とあると聞きますが、そのようなことが書いてあるので、唐土の書物は儒教の経典から史書、詩文に至るまで、海を渡ってこの国へ伝わらないものはないというのに、この孟子の書だけは未だ日本に届きません。この書物を積んだ船は、必ず暴風に遭って沈むからだといいます。

それはなぜかと申しますと、我が国は天照大神《あまてらすおおみかみ》が国を開かれてから、皇統が絶えることなく続いてきたものを、このような小賢《こざか》しい教えが伝わったなら、いずれ時の経つうちにその血統を臣下が害しても罪ではないとする輩《やから》が出てくるだろうと、八百万《やおよろず》の神がこれを憎んで、神風を起こして船を沈めるからだということです。ですから、唐土の聖人の教えといってもこの国にはふさわしくないものもあるのです。

さらにまた、『詩経《しきょう》』の「小雅《しょうが》」にもこう言うではありませんか。『兄弟とは内では恨み争うとしても、外へは力を合わせるものだ』と。それを、肉親の情をお忘れになり、それどころか父帝、鳥羽院がお亡くなりになって墓所に横たえられ、未だ殯《もがり》もすまないうちに、御旗《みはた》をなびかせ弓を振り立て、弟君と帝位を争われるとは、これ以上はなはだしい不孝があるものでしょうか。

『老子《ろうし》』にいうように、天下は神器。私欲によって奪ったところで、我がものとはできない道理です。たとえ重仁君の即位が民の望むところであったとしても、徳にもよらず、和にもよらずに、道を外れた武力によって世をお乱しになろうとは。それまで君をお慕い申し上げた者たちもみな敵に回すことになり、本意を遂げることもかなわずに、前代未聞の重い罪をお受けになって、このような辺鄙《へんぴ》な場所の土とおなりになったのではありませんか。昔日の怨みはお忘れになり、浄土へお戻りになられますよう、お考え直し下さい」と遠慮なしに申し上げた。

崇徳院は長く溜息《ためいき》をおつきになると、

「なるほど、道理を立てて罪を説こうというのか。一理なしとはせぬ。しかしどうせよというのか。この島に流されてからは、松山の高遠《たかとお》家の屋敷に閉じこめられ、日に三度の食事の他は、近くに仕える者もない。独り寝する間に空を行く雁《かり》の気配がすれば、あれは都へ行くのだろうかと胸に迫り、明け方に千鳥が洲《す》に群れ集うのを見ても心が騒ぐ。カラスの頭が白くなるようなことがあったとしても、都には決して帰ることのできぬ身、この身は海辺の鬼となる定め。

ただひたすらに後世《ごせ》に願いをかけて、華厳《けごん》、大集《だいじつ》、般若《はんにゃ》、法華《ほっけ》、涅槃《ねはん》からなる五部の大乗経《だいじょうきょう》を書き写したが、寺の鐘の音さえ届かぬような荒磯《あらいそ》にとどめおくのも悲しいことだ。この身は無理でも、せめて写経を都に迎えてもらえないかと仁和寺《にんなじ》の御室門跡《おむろもんぜき》、弟の覚性《かくしょう》法親王へと経に添えて歌を送った。

　浜千鳥跡はみやこにかよへども身は松山に音《ね》をのみぞ鳴く
　（浜千鳥の足跡が都へ続いていこうとも、
　松山でその鳴き声に泣き暮らすだけの身、
　せめて筆の跡を都へ入れてもらいたい）

ところがそれを、あの少納言信西《しょうなごんしんぜい》が、経を用いて呪いを打つのではないかとさし出口を挟んだせいで、そのまま送り返されてきたのが恨めしい。唐土でもこの国でも、昔から兄弟が国を争い敵同士となることは珍しくない。罪深いことをしたと改心したからこそ、罪滅ぼしにと写した経を、たとえ邪魔立てする者がいたからといって、皇族の罪は減じるという法さえ無視して、写経すら都に入れようとしない帝の心を見せられた以上、これは最早《もはや》、不倶戴天《ふぐたいてん》の敵である。
　この上はこの経を魔道に捧《ささ》げて怨みを晴らそうと一筋に思い定めて、指を嚙《か》み破った血で誓いを記し、経と一緒に志戸《しと》の海へ沈めてからは、人を拒んで深く閉じこもり、ひたすらに魔王と化そうと祈願を続けていたところ、果たして平治の乱が起こった。

まずは、藤原信頼《ふじわらののぶより》の位ばかりを望む驕慢《きょうまん》の心を唆《そそのか》し、源　義朝《みなもとのよしとも》と共謀させた。この義朝こそ憎き怨敵《おんてき》。その父、為義《ためよし》をはじめ源氏の親族はみな朕《わ》がために命を捨てたが、奴《やつ》ひとりだけが朕《われ》に弓を引いたのだ。

保元の乱でのことである。こちら方の鎮西《ちんぜい》八郎為朝《ためとも》の勇猛、源為義、平忠正《たいらのただまさ》の軍配によって合戦の勝利が見えたところへ西南の風に焼き討ちされて不覚をとり、朕《われ》は白川《しらかわ》の宮を逃れることとなった。東山《ひがしやま》の如意《にょい》が嶽《たけ》の険しさに足を傷つけられ、あるいは樵夫《きこり》の椎柴《しいしば》を被《かぶ》って雨露をしのいで逃げ回り、ついに捕らわれこの島に流されるに至るまで、全て義朝の小賢しい計略が引き起こした苦しみである。

その報いとして暴虐の心を義朝へ吹き込み、信頼の陰謀に加わらせたから、義朝は国の神に逆らった罪を受けることになり、武人としてはなにほどでもない清盛《きよもり》に不覚をとった。その義朝が家臣にだまし討ちにされたのも、父為義を殺した報いで、天の神の祟りによるもの。

そしてまた少納言信西は、常々自分の博識に自惚《うぬぼ》れていた奴だから、人を信用しないねじけた心を唆してやり、信頼、義朝の敵と仕向けてやった。最後には自分の家も捨てて宇治《うじ》の山中に掘った穴へ隠れたが、結局探し出されて捕らえられ、六条河原《ろくじょうがわら》に首を晒された。これで経を送り返せと口を挟んだ罪は正された。

その勢いで応保《おうほう》元年の夏には美福門院の命を奪い、長寛《ちょうかん》二年の春には後白河帝を擁立した関白藤原忠通《ただみち》に祟りをなし、朕《われ》もその秋、世を去ることになったわけだが、なおも瞋恚《しんい》の炎は熄《や》み難く尽きることなく、ついに大魔王と化し、天狗《てんぐ》の眷属《けんぞく》三百余類の首魁《しゅかい》となった。朕《わ》が眷属のなすところ、人の福を見れば禍《わざわ》いへ転じ、世の治まるを見ては戦乱でかき回すのだ。ただ、清盛だけは前世からの果報が厚く、親族一門ことごとく高位高官に連なり、政《まつりごと》を壟断《ろうだん》しても、その長男、重盛《しげもり》が忠義を尽くして補佐しているから、今はまだ滅ぼすことができずにいる。汝《なんじ》、見ておれ、平家もまた久しからず、雅仁が朕《われ》につらく当たったことも、やがて報いてくれようぞ」

と、聞こえる声の恐ろしさはいやましていく。西行は、

「あなた様が、これほどまでに魔界と悪縁で結びつき、仏土から幾億万里と隔てられてしまった以上、最早申し上げることはありません」と言ったきり、あとは黙し

たままで対面している。

と、不意に峰や谷が揺れ乱れ、林を倒す勢いで風が吹きつけ、砂や小石を空に巻き上げた。みるみるうちに妖しい炎が崇徳院の膝の下から燃え上がり、山も谷も真昼のように照らし出された。光の下でつくづくと新院の様子を眺めると、竜顔《りょうがん》は朱を注いだように赤く、おどろになった髪は膝に届かんばかりに伸び乱れ、白目をむき出した目は吊《つ》り上がり、燃えるような息を苦しげに吐いておられる。お召しになった柿色の御衣はひどく煤《すす》けて、手足の爪は獣のように鋭く伸びて、さながら凄まじい魔王の形相、浅ましくも恐ろしい。

「相模《さがみ》、相模」と空を仰いで新院が叫ぶ。

「あ」と一つ声が応えて、一羽の天狗が鳶《とび》のように舞い降り、御前に伏して指図を待つ。院はこの天狗へ向けて、

「相模坊、なにゆえ一刻も早く重盛の命を奪い、雅仁、清盛を苦しめぬのだ」

天狗は応えて、

「上皇の命運は未だ尽きず、清盛には重盛の忠信が強く近づくことができません。

しかし干支《えと》が一巡りする頃には、重盛の命数も尽きておりましょう。奴さえ死ねば、一族の運もそこに尽きて滅びましょうぞ」と言う。

院は手を打ち喜んで、

「かの仇敵《きゅうてき》どもを、ことごとくこの目の前の海に沈めてくれよう」

と、その声が谷に峰に響きわたり、その凄まじさはこの上ない。西行は魔道の浅ましい有様を前に、流れる涙を抑え切れずに、再び一首の歌を奉り、仏縁を求める心をおすすめした。

よしや君昔の玉の床《とこ》とてもかからんのちは何にかはせん
（以前は玉座にあったといっても、
こうなってしまったあとでそれが一体なにになりましょう）

「刹利《クシャトリヤ》も首陀《シュードラ》も死んでしまえばみな同じこと」と心にあまる思いを詠い上げた。

院はこの歌にどこか感じるところがあったらしく、顔つきが徐々に和らぎはじめて、鬼火も薄くなりつつ消えていき、ついにその姿もかき消したように見えなくなった。天狗もどこへ去ったか気配がなくなり、上弦の月は峰に隠れて、あたりは木に囲まれた闇へと沈み、まるで夢の中にいるようである。

ほどなく、明けゆく空に朝鳥の声が明るく響きはじめた。さらに一巻、金剛般若《こんごうはんにゃ》波羅蜜多経《はらみったきょう》を読み上げて御供養申し上げてから山を下って庵に戻り、昨夜来のことを改めて思い返した。平治の乱以降の人々の消息や出来事が、年月の細部まで新院の霊の告げたとおりだったことに思い至って、深く恐れ謹んで誰にも語ることはなかった。

その後十三年を経た治承《じしょう》三年の秋、病を得た平重盛が世を去ると、平相国《へいしょうこく》入道清盛は後白河院を恨んで鳥羽の離宮に閉じこめ、さらには新都、福原《ふくはら》の茅葺《かやぶ》きの粗末な屋敷へ移して苦しめた。源頼朝《よりとも》が東国で蜂起し、木曾義仲《よしなか》が北雪を払い兵を挙げるに及んで、平氏の一門はことごとく西の海へと追い落とされて、戦いはついに讃岐の海、志戸、屋島《やしま》に及び、勇猛な兵たちもみな魚介の腹の中へと消えた。赤間《あかま》関《せき》、壇《だん》の浦《うら》に追いつめられた幼帝、安徳《あんとく》帝は海に身を投げ、武将たちもみな残りなく死に絶えるに至るまで、全て新院の霊の語ったとおりになったこと、恐ろしくも不思議ななりゆきである。その後、崇徳院の御廟《ごびょう》は玉をちりばめ彩りで飾り、威徳を崇《あが》めることとなった。讃岐の国を訪れる者は必ず幣《ぬさ》を捧げて拝み祀《まつ》るべき御神である。

菊花《きっか》の約《ちぎり》

青々《せいせい》とした春の柳は庭に植えるものではなく、軽薄な者と交流を持つものではない。柳はすぐに茂るものだが、秋風にすぐ葉を散らしてしまい、軽薄な者は寄るのが早くとも離れるのも早い。柳は春が巡ればまた葉をつけて目を楽しませるが、軽薄な者はそれきりである。

播磨《はりま》の国は加古《かこ》の宿駅《しゅくえき》に、丈部左門《はせべさもん》という学徒があった。清貧を旨《むね》として書物を友とし、家財道具などには構いつけない。老母があって、これもまた孟子《もうし》の母もかくやという人物である。いつも糸を紡《つむ》いで機《はた》を織っては、左門の学問を支えている。妹があり、これは同じ里の佐用《さよ》という家に嫁《とつ》いだ。佐用はとても裕福な家なのだが、丈部親子の人柄に打たれ、妹をもらいうけて親戚となり、なにくれとなく物を送ってくれるのである。しかし、左門の方では「暮らしのことで他人に迷惑をかけるわけにはいかない」と決して受けとろうとしない。

ある日、同じ里の何某《なにがし》のところへ出かけた左門が、昔話やこの頃の話題を重ねていると、ふと、壁の向こうから誰かがひどく苦しむような声が聞こえた。不審に思い主人にこれを訊《たず》ねてみると、

「西の国の方らしいのですが、連れとはぐれたので泊めて欲しいということで、武士らしく身なりもきちんとして見えましたので部屋にお通ししたのですが、その夜から高い熱が出て、自分では起きることもできなくなってしまったのです。お気の毒にと三日四日とお泊めしているのですが、どこの方ともわからないので、実のところ面倒なことになったと困っております」

左門はこの話を聞くと、

「それは巡り合わせの悪いことですな。あなたももちろん不安でしょうが、隣室の方は見知らぬ土地で病にかかり、さぞ心細い思いをしているはず。様子を拝見しま

しょう」

と言い出した。主人は立ち上がろうとする左門を抑え、

「このようにして熱の出る病はうつるものだといいますから、家の者も遠ざけております。わざわざ病気をもらいにいくことはない」

左門は笑うと、

「『死生命有リ《シセイメイア》』と『論語《ろんご》』にいいます。人間の生死は天命で決まるもの。死の訪れは天命であり、病のせいではないわけです。熱病はなんでもうつるというのは無学な者の迷信で、わたしは信じておりません」

と、戸を開けると隣室に入った。その相手を眺めてみると、なるほど主人の言うとおり、並の人物のようには見えない。容態は悪く、顔は黄ばんで肌は黒ずみ、すっかり痩《や》せて古びた布団《ふとん》の上で苦しそうにしている。左門に気づくと久しぶりに人を見たという顔をして、

「湯を一杯下さいませんか」

と言った。左門は枕元に寄り、

「御心配なさいますな、必ずお助けいたしましょう」

と告げると、主人と相談して薬を選び、自ら調合すると煎じて与えた。粥《かゆ》を食べさせ、看病を続ける様子はまるで兄弟のようであり、そばを離れようとしない。この武士の方でも、左門の厚い真心に打たれて涙を流し、

「見ず知らずの者にここまでして頂けるとは。たとえ死んでもこの御恩は必ずお返しします」

と言う。左門はたしなめ、

「死ぬなどと馬鹿なことを言うものではない。疫病というものは、日にちに限りがあるものです。それさえすぎればどうということもないでしょう。わたしも毎日様子を見に参りますから」

そう励まして約束し、あれこれと気を配って看病を続けているうちに、症状もやや軽くなり気分も段々すっきりしてきて、やがて主人に丁重に礼を述べることができるほどになった。左門の振る舞いにすっかり感じ入った様子で、相手のことを訊ねるうちに、自然と自分のことも語りはじめた。

「もともとは出雲《いずも》の国、松江《まつえ》の出身で、赤穴宗右衛門《あかなそうえもん》と申す者。多少の心得があって、同じく出雲の国の富田《とだ》の城主、塩冶掃部介《えんやかもんのすけ》殿に招かれて軍学を講じておりまし

た。

先日、近江《おうみ》の佐々木氏綱《ささきうじつな》への密使を命じられて出雲を離れたのですが、わたしがまだ佐々木の屋敷にいる間の大晦日《おおみそか》の夜、富田で反乱が起こりました。以前、所領横領の罪により富田城主を追われた尼子経久《あまこつねひさ》が山中《やまなか》党と組んで城を不意打ちし、掃部介殿は討ち死にしてしまったのです。

出雲は元来、佐々木氏の守護する土地。塩冶掃部介はそれを守護代として預かっていたわけです。滞在先の佐々木氏綱へは『尼子と敵対している三沢《みざわ》、三刀屋《みとや》と結んで、経久を滅ぼすべし』と進言したのですが、氏綱は外面こそ勇ましくても内心は臆病な愚か者で、行動に出ようとしないばかりか、わたしを国から出そうともしません。

そんなところに無為に長居する道理はないとひそかに城を抜け出したのです。国に戻る途中で病に倒れる羽目となりましたが、思いもかけずあなたのお世話になれたのはこの上もない幸運でした。わたしの残りの人生をかけて、必ず御恩はお返しします」

左門はこの話を聞いても、

「人の苦しみを見過ごせないのが人の心というものだと孟子も言っておりますし、礼はよろしい。もう少しここで体をお休めなさい」

と言うだけである。左門の真心に従い日を送るうちに、赤穴の体の調子もほとんど元のように戻った。

その間、左門はよい友人ができたとばかり昼夜となく訪ねてきてはふたりで話をしていたが、赤穴の方でも諸子百家《しょしひゃっか》の学問などをぽつりぽつりと語りはじめた。これが並の学識ではなく、特に軍学の知識に優れていることがわかってすっかり意気投合し、驚くやら喜ぶやらでついに義兄弟の契《ちぎ》りを結ぶ運びとなった。赤穴の方が五歳年長だったので兄としての挨拶を受けてから、左門に対面し直すと、こう申し出た。

「わたしは父母を亡くしてもう長い。これであなたの母上はつまり、わたしの母上ともなったわけだから、改めて御挨拶申し上げたい。御母堂はこんな子供っぽい申し出を受けて下さるだろうか」

左門は赤穴の言葉に感極まって、

「母はいつもわたしがひとりでいることを心配しています。あなたのお気持ちを伺《うかが》えば、寿命も延びるというものです」

と、一緒に家に連れて帰った。母親は喜んでふたりを迎え、

「この子は才能が不足な上に、学問も時代外れで出世のあてもありません。どうか見捨てずに兄として導いてやって下さいませ」

と言う。赤穴は丁寧に挨拶をして、

「男子たるものは義を重んじます。名声や財産などはつまらぬものです。母上から温かい言葉をかけて頂き、こうして素晴らしい弟もできたのですから、これ以上の幸せはありません」

と、これも大変喜び感激し、ともに日々を送ることになった。


つい昨日今日まで咲いていたはずの尾上《おのえ》の桜も散り果てて、涼し気な風に運ばれてくる波の気配が夏を知らせる季節となった。

ある日、赤穴は左門と母親の前へ進み出ると姿勢を正し、

「わたしが近江から逃れてきたのは、出雲の様子を知るためですから、一旦《いったん》出雲へと戻り、それを確認してからまた改めてお仕えして、御恩をお返ししようと思いま

す。しばしの別れをお許し頂きたい」

と言い出した。

「なるほど」と左門は言った。「では、兄上のお戻りはいつになります」

「月日の経《た》つのは早いもの」と赤穴が言う。「しかしどんなに遅れても秋を越えるということはないだろう」

「秋ということですが、いつの何日と思って待てばよろしいですか」と左門が訊ねる。「できることなら、この日にと約束して頂けませんか」

「では」と赤穴は応《こた》え、「その日は九月九日、重陽《ちょうよう》の節句ということにしよう」

「兄上」と左門。「必ずお戻り下さい。重陽ということでしたら菊ですから、一枝の菊に気持ちばかりの酒など用意してお待ち致します」

と、互いの胸の底を打ち明け終えると、赤穴は西へ帰っていった。


たちまちのうちに月日は流れ、茱萸《ぐみ》の実が下の方から色づきはじめたと思う間もなく、垣根に咲いた野菊も香る九月となった。九日の朝、左門はいつもより早く起き出すと、簡素な家を丁寧に掃き清め、黄菊と白菊を二枝、三枝と小瓶《こがめ》に挿すと、

財布を裏返して酒と肴《さかな》を用意している。その様子を見ていた母親が、

「八雲《やくも》立つ出雲の国は山陰《さんいん》の果て。ここからだと百里もあるそうな。今日丁度帰ってくるとわかったわけでなし、姿を見てから用意をしても遅いことはないでしょうに」

と言う。左門は応え、

「赤穴は信義を重んじる武士です。約束を破るようなことは絶対にありません。姿を見てからあわてて用意をしたのではどう思われるか恥ずかしい」

と、酒を選んで、新鮮な魚を料理している。

この日、空は晴れ上がり、見渡す限り雲もなく、草を枕に旅する者の姿が多く見られた。行き交う人々は、

「誰それの都《みやこ》入りには結構な日だ。商売繁盛、幸先《さいさき》がよい」

などと言い合いながら通りすぎていく。二十歳すぎの男と、似たような格好をした五十がらみの武士が連れ立っていき、年かさの方が、

「これだけ晴れれば、明石《あかし》から船にしておけば朝のうちには出帆できて、今頃は牛《うし》

窓《まど》の港へ向かっていたはず。若いくせに海を怖がるせいで無駄な出費だ」

と愚痴を言うのに若者が応え、

「殿が都に上られたとき、小豆島《しょうどしま》から室津《むろつ》まで船を使って散々な目に遭ったと、そのときのお供に聞いたのですよ。それ以来どうもこのあたりは怖くて。そういじめないで下さいよ。魚《うお》が橋《はし》に着いたら蕎麦《そば》でもおごりますから」

となだめながら歩いていく。馬を引いていた男が腹を立て、

「この死に損ない、起きろ進め」

と荷物を押して追い立てていく。そうするうちに昼もすぎてしまったが、待ち人が現れる気配はない。やがて陽《ひ》は西へ傾き、宿に急ぐ人々の足取りも気ぜわしくなり、左門は外ばかりを気にして落ち着かない。

見かねた母親が左門を呼び寄せ、

「人の心は秋の空とは違うもの。菊もすぐにしおれるというものではないし、帰るという気持ちさえあれば、時雨《しぐれ》の冷たい冬になったからといってなんだというのです。今日のところは家に入って、また明日にしなさい」

と叱《しか》った。左門もさすがに拒むことができずに家へと入り、母親をなだめて先に

寝かせてみたものの、それでもまだもしかしてという気持ちが去らない。

そっと外へ出てみると、一面の星空に天の川が横たわり、張りつめた空気の中で、月の光だけが左門を淋《さび》しく照らしている。静寂の中、どこかの番犬の吼《ほ》え声だけが澄み透り、遠い波音が足下に立ちこめてくるようである。

月の光も山に隠れて、さすがにここまでにしようと戸を閉めて家に戻ろうとしたところで不意に、左門の目になにかが映った。ぼんやりとした黒い影の中に人の姿らしいものが浮かび、風に吹かれるように近づいてくる。訝《いぶか》しんで目を凝らすと、これが赤穴宗右衛門である。

躍りあがりたくなる気持ちを抑えて、

「早朝からずっとお待ち申し上げておりました。約束どおりにお戻り下さりなによりです。さあ中へ」

と勧めようとするのだが、赤穴は頷《うなず》くだけでなにも言わずに立っている。先に立った左門が赤穴を客間の上座に導いて、

「兄上のお帰りが遅いので、母は待ちかね、お帰りは明日になるだろうと布団に入ってしまいました。起こして参りましょう」

と言う。赤穴はまた頭を揺らして左門を止めるのだが、なぜか無言のままである。

左門は構わず、

「夜も昼もなくお急ぎになったはず。身も心もお疲れのことでしょう。どうぞ一杯おあがりになってお休み下さい」

と酒を温め、肴を並べて勧める。赤穴は袖で顔をかばうようにして、匂いを避ける様子である。

「包丁仕事は得意ではありませんが、ほんの心尽くしです。どうかお召し上がり下さい」

左門がそう勧め続けても、赤穴はなにも言わずに長い溜息《ためいき》をついている。しばらくしてからようやく口を開くとこう語りはじめた。

「弟であるあなたの心のこもったもてなしをどうして拒む道理があるものか。隠し通すことはできないから、率直に真実を伝えることにしよう。どうか気を鎮《しず》めて聞いてもらいたい。わたしはもうこの世の者ではない。けがれた霊魂が仮の姿をとって、こうして見えているだけなのだ」

左門は驚き、

「兄上はどうして突然、そんな妙なことを言い出したのです。まさか夢でもないようですが」

「ここを出て国に帰ったものの、国の者の大半は尼子経久に従って、塩冶の恩など誰も覚えていなかったのだ。富田城にいるわたしの従弟《いとこ》、赤穴丹治《たんじ》を訪ねてみると、損得のことを言い出して、わたしも経久に会っておくべきだと言う。上辺《うわべ》は話を聞くふりをして経久の振る舞いを観察すると、確かに勇猛な男ではあり、兵もよく鍛えているものの、知略の面では猜疑心《さいぎしん》が先に立ち、周囲にも、いざというとき命を捨てる覚悟の臣下はいない。こんなところにいてもしかたがないと、菊花《きっか》の節句には戻るという誓いを明かして立ち去ろうとしたのだが、経久はなにを思ったか、丹治に命じてわたしを城に閉じこめて、とうとう今日になってしまったのだ。

この約束を破ったなら、あなたにどう思われるかとひたすら思案を重ねてみたが、妙案もない。そこで思い出したのが古人の言葉。『人には一日で千里をいくことなどはできないが、魂は千里であろうとものともしない』と。この話を思い出し、刀をとり出し命を絶つと、今夜こうして夜陰の風に乗じてようやく、菊花の誓いを果たすことがかなった。せめて心だけでも汲《く》んでもらいたい」

赤穴はそう言い終えると、湧き出すように涙を流した。

「これで永《なが》の別れとなる。わたしの分まで母上にお仕えするように」

そう言い置いて席を立つように見えたところで、そのままかき消すように消えてしまった。

左門はあわてて引き止めようとしたものの、怪しい風に目がくらんだ隙に、赤穴の姿をすっかり見失ってしまっていた。つまずいて倒れたところで力が抜け、立ち上がることもかなわず、大声を上げて哭《な》き出した。驚いた母親が起き出してきて左門を探すと、酒や肴を盛った皿が並ぶ客間に倒れ伏している。あわてて助け起こして「どうしたのです」と訊ねてみるが、左門の方では声をつまらせ涙を流すだけで言葉にならない。母親が、

「義理の兄が誓いを破ったと思い恨んでこんな様となっていたら、明日にでも顔を合わせたときに気まずかろうに。お前はこんなに子供じみて物わかりが悪くはなかったはず」

と強い調子で叱ったところでようやく、左門が応えた。

「兄上は今宵《こよい》、菊花の誓いを守られました。酒と肴をそろえてお迎えすると、何度

も拒んでからこう言われたのです。これこれの事情で誓いを破ることになったので、自刃《じじん》して魂魄《こんぱく》となり百里を越えてやってきたのだ、と。そう言い終えるや消えてしまいました。そんなことがあったせいで、母上を驚かせてしまいました。お許し下さい」

さめざめと哭く左門を見て母親は、

「『牢屋《ろうや》に繋《つな》がれた者は解き放たれた夢を見るし、喉の渇いた者は水の夢を見る』といいます。お前もなにかそういう目に遭ったのだろう。落ち着きなさい」

となだめるのだが、左門は頭を振るだけで、

「本当にただの夢などではなかったのです。兄上は確かにここにいらしたのです」

と聞き入れず、大声を上げて哭き崩れた。母親も疑いようがなくなって、一晩中ふたりで哭いて明かした。

明けて翌日、左門は母親に挨拶をするとこう言い出した。

「わたしは幼い頃から学問に身を捧《ささ》げてきましたが、国に忠義を尽くすわけでもなく、家で孝行をすることもかなわず、ただ徒《いたずら》に天地の間に暮らしてきました。兄の

赤穴が信義のために命を捨ててみせたからには、その弟であるわたしはこれから出雲へ出向き、せめて遺骨を葬って信義を全うしようと思います。どうかお体を大切に、しばらく旅に出ることをお許し下さい」

　母親は応え、

「出雲へいくにしてもできるだけ早く戻って、この老いの身を安心させておくれ。向こうに長くとどまって、これが永の別れになったりしないように」

「人の生は水に浮かぶ泡のようなものですから、朝にも夕にもいつ消えるものかはわかりませんが、すぐに帰って参ります」

　と涙を拭いて家を出た。佐用の家に立ち寄って母親の面倒をよくよく頼むと、出雲の国を目指していく。腹が減っても食事のことなど思い浮かばず、寒さをしのぐことなど思いもよらない。うつらうつらとする間にも夢に兄を見ては涙を流し、十日ほどで富田の城に着くことができた。

　まずは赤穴丹治の家を訪ね、名前を告げて案内を乞うと、本人が出てきて迎え入れた。

「鳥が告げたわけでもなかろうに、どうやってお知りになったのか、妙ではないか」

と不審気に問いかけてくる丹治に左門は答えた。

「武士たるものに損得や生死の勘定は無用。ただ信義があるのみである。義兄、宗右衛門がほんの口約束の誓いを守り、虚《むな》しい魂となってまで百里を越えて帰ってきたのに報いようと、昼夜を問わず駆け続けてやって参った。

わたしは、これまで自分が学んできたことに基づき、あなたに問い質《ただ》したいことがある。正直に答えて頂きたい。

昔、魏《ぎ》の宰相であった公叔座《こうしゅくざ》が重病に倒れた折のこと。魏の国王は自ら見舞いに出向くと、叔座の手をとってこう問われた。

『もし、そなたに万一のことがあったら誰に国を任せればよい。是非教えてもらいたい』

叔座は答えて、

『商鞅《しょうおう》はまだ若輩ですが、才能は群を抜いております。もし彼をお使いにならないのなら、他国に渡すよりは殺してしまうのがよいでしょう。他の国にいかせたならば、必ず我が国の禍《わざわ》いとなります』

すと、
と嚙《か》んで含めるように教えたのです。そのあとで公叔座は商鞅をひそかに呼び出
『わたしはお前を推薦したが、王は受け入れない様子だったから、用いないなら殺すべきだと進言した。これは君主を先に、家臣をあとにするという道理によるものである。あなたは早く他の国に逃げて命を守りなさい』

と教えました。

さて、この故事を踏まえて、あなたと宗右衛門との関係をどのようにお考えになるか」

丹治は頭を下げたまま言葉もなかった。

左門はなおも膝を進めて、

「兄宗右衛門が、塩冶の恩を思って尼子につかなかったのは義を重んじたためである。あなたは元の君主を捨てて尼子に仕えているわけだから、武士としての義を欠いている。兄が菊花の誓いを重んじ、命を捨ててまで百里の道のりを帰ってきたのは信義の極みである。

あなたが今尼子に媚《こ》び仕えて従兄を苦しめ、自決にまで追い込んだことは親族と

して の信義をも欠く。経久が無理にとどめようとしても、親族としての道義を考え、商鞅と叔座のようにひそかに信義を貫くべきだったのに、ただ損得に目がくらみ武士の風上にも置けない振る舞いに出たのは、これが尼子の家風というものなのでしょうな。そのような国に、兄がとどまるはずなどなかったのに。

わたしは今、信義を背負い、こうしてここまでやってきた。あなたの方は、不義の汚名を残されるとよい」

と、言い終える間もなく抜き打ちにして、一刀の下に斬り伏せた。家来たちが騒ぐ間に素早く立ち去り、どこへいったか跡形もない。この話を聞いた尼子経久は、兄弟の信義の厚さに打たれ、あえて左門を追わせることはしなかったという。

ああ、軽薄な者と交流を持ったところで、一体なにになるというのか。

浅茅《あさじ》が宿《やど》

下総《しもうさ》の国葛飾《かつしか》の郡《こおり》、真間《まま》の里に、勝四郎《かつしろう》という男があった。祖父の代からこの地に暮らし、多くの田畑を所有して暮らしぶりは豊かだったが、勝四郎は生まれつき気ままな性格で、畑仕事を面倒くさがり怠ったので、家はたちまち零落した。当然、親族からも厄介者と扱われたから、悔しさを元手に、なんとか家を再興しようとあれこれ思案を巡らせていた。

勝四郎には雀部曾次《ささべそうじ》という知人があった。地方を回って足利染《あしかがぞめ》の絹を商うために毎年京から下ってきては、この里の親戚をよく訪ねてくる。以前からの伝手《つて》を頼って、自分も商人になって京へ上ってみたいと頼んでみると、雀部はあっさり、「ではこれこれの頃に出発しますか」と請け合った。この返事に喜んだ勝四郎はまだ残っていた田を売り払って金に換えると、絹布を大量に買い込んで、京へ連れていってもらう準備をはじめた。

そんな勝四郎にも宮木《みやぎ》という名の妻がある。誰もが振り返るほどの容姿の上に気立ての方もしっかりしていた。品物を仕入れて都《みやこ》へいくと言い出した勝四郎へ、馬鹿なことはやめて欲しいと言葉を尽くして止め立てしたが、いつもどおりの考えなしに加えて、勢いがついているから手がつけられない。この先一体どうしたものかと心細く思いながらも、あれこれと旅の準備を整えてやった。

出発前夜、別れのつらさを語る宮木である。

「女ひとりで残されるのは、野や山にあてもなく放り出されるようなもの。どうなることかもわからず、不安がつのるばかりです。どうかわたしを毎朝毎晩思い出し、早く戻ってきて下さい。命だけはどうにかなると思うけれども、世の中は明日のこともわからないもの、なにに夢中になるにせよ、忘れずにいて下さいませ」

「知らない国で浮木《ふぼく》のようにふらふらとするつもりなどない。秋風が葛《くず》の葉をひるがえす頃にはきっと帰ろう。気持ちを丈夫に持つのだぞ」

勝四郎はそう励ますと、夜の明けたところで鶏鳴《けいめい》を背に東国を発《た》ち、京へと足を急がせた。

この年、享徳《きょうとく》の夏には、鎌倉公方《かまくらくぼう》足利成氏《しげうじ》が、都の幕府方である関東管領《かんとうかんれい》の上杉《うえすぎ》氏と不和となり、鎌倉の御所は戦火にまみれ跡形もなく焼き尽くされた。世に言う享徳の乱のはじまりである。鎌倉殿は下総の国に味方を頼って勢力の回復を図り、関東ではたちまち、幕府勢、上杉勢、鎌倉公方勢が入り乱れることになり、みなそれぞれに思うまま、切りとり勝手な乱世となった。年寄りは山に逃げ隠れ、若い者は兵にとられて、「今日はここを焼き払う」「明日は敵がやってくる」といった調子で、女子供は西に東に逃げ惑い、涙に暗《く》れるよりなかった。

勝四郎の妻もどこかへ逃げなくてはと考えたのだが、そのたびに「この秋まで待ってくれ」という夫の言葉を心の中で繰り返しては、不安の中で日を数えながらとどまっていた。ようやく秋はきたものの、風の便りも届くことなく、世の中も人の心もあてにならぬと、恨みはつのり悲しみは増し、泣き崩れ、

身のうさは人しも告《つげ》じあふ坂の夕づけ鳥よ秋も暮れぬと
（この境遇を伝えてくれる者とてないが、
京の入り口、逢坂《おうさか》の関の夕告鳥《ゆうつげどり》がその名のとおり、
逢《あ》いたい気持ちを告げてはくれないものであろうか、
もう秋も終わってしまう）

と歌い詠《よ》んではみたものの、京の国は国また国のその向こう、夫へと歌を伝える術《すべ》もない。

世の中が騒がしくなるにつれて、人の心もすっかり荒《すさ》んでしまっている。たまに通りがかった者が、宮木の美しさに気がついてあれこれ言い寄ってきたりもするが、宮木の方では義・節・烈の「三貞」を守り、夫に操《みさお》を立ててすげなくあしらい、戸を閉めきると、それ以上顔を出そうともしない。ひとりだけいた下女も逃げ出し、わずかばかりの蓄えも尽きてその年も暮れた。

年が明けても戦乱はおさまる気配がない。それどころか前年の秋には、京の八代将軍足利義政《よしまさ》が、美濃《みの》の国、郡上《ぐじょう》の領主、東下野守常縁《とうのしもつけのかみつねより》に旗を授けて征東司令を命

じていた。常縁は下野《しもつけ》に下り、親族の千葉《ちば》実胤《さねたね》と一緒になって鎌倉公方を攻め立てたから、こちらも守りを固めて防戦し、戦いはいつ果てるともわからない。野武士の類《たぐ》いがあちこちに砦《とりで》を構え、火を放っては略奪を繰り返す。関東八カ国に安全な場所はなくなり、無益な破壊ばかりが続いた。

雀部について京へ上った勝四郎は、手持ちの絹布を全て売りさばき、その頃の都は華美が流行《はや》りの時期だったのでよい儲《もう》け仕事となった。東へ戻る準備をしていたところ、上杉勢が鎌倉を落とし、さらに鎌倉殿を追って攻め立てているという噂《うわさ》が聞こえてきた。故郷のあたりは兵が跋扈《ばっこ》し、戦場となっているという。間近の出来事だろうと本当のところがわからないのが噂というもの、ましてや白雲が隔てる遠い国のこととあって気が気ではない。

八月のはじめに京を発ち、信濃《しなの》の国の木曾《きそ》の真坂《みさか》を一日がかりで越えたのだが、そこで盗賊に道を塞がれ、荷物を全て奪われてしまった。人が言うには、ここから東の先の方ではあちこちに新しい関所ができて、旅人の往来を許さないということであり、故郷の様子を知りようもない。家も戦で焼けてしまっただろうし、妻も到底生きてはいまい。だとすれば故郷といってもそこに住むのは鬼ばかりだと、京へと引き返していく途中、近江《おうみ》の国に入ったところで急に気分が悪くなり、高熱を出して寝込んでしまった。

幸い、この近江の国の武佐《むさ》というところには、児玉嘉兵衛《こだまかへえ》という雀部の妻の実家があり、富裕な家として知られていた。息も絶え絶え訪ねていくと、見捨てずに面倒をみてくれただけでなく、医者を呼んで薬を用意してくれた。休養して多少気分もよくなったところで、手厚い看病に礼を述べてみたものの、しかしまだまだ足腰が立たず、思いがけないなりゆきながら、その年はそのままそこで春を迎えることになってしまった。いつしかその里でも友人ができ、生まれつきの拘《こだわ》りのないまっすぐな気性を愛されて、児玉をはじめ土地の人々とも親しくつきあうようになっていた。その後は、京に出ては雀部を訪ね、近江に戻っては児玉の家に身を寄せてとするうちに、七年が夢のようにすぎてしまった。

寛正《かんしょう》二年は、畿内、河内《かわち》の国で、やがて応仁《おうにん》の乱に繋《つな》がっていく畠山《はたけやま》氏の兄弟同士の家督争いがいつ果てるともなく続いたせいで、京の街も騒がしかった。その上、春頃からは疫病が猖獗《しょうけつ》を極め、死体が街角に積み上げられた。人心は乱れ、この世の終わりだ、人も世も儚《はかな》いものだと世相は暗さを増していた。

勝四郎はつくづくと我が身の来し方を振り返り、こうも落ちぶれ、目的もなくした人間が、遠く故郷を離れたまま、親族でもない者の厄介になってなにを虚《むな》しく生きているのかと我に返った。故郷に置いてきた妻の消息も確かめぬまま、記憶を消すという忘れ草の茂る野をさまようようにふらふらと暮らしてしまった自分の心が情けなかった。たとえ妻が死んでしまって、もうこの世にはいないとしても、形見ぐらいは探し求めて塚なりと築いてやるべきではないかと、周りの人々にその旨《むね》を告げると五月雨《さみだれ》の晴れ間に出発し、十日ほどかかって故郷へ戻った。

里に着いた頃には陽《ひ》はもう西に沈んで、雨雲が低く垂れこめている。暗くはあるが、元は住み慣れた里であるから迷うこともないだろうと、あたりに茂る夏草をかき分けて進む。このあたりには、『万葉集《まんようしゅう》』にも「足の音《おと》せず行かむ駒もが葛飾の真間の継ぎ橋止《や》まず通はむ」と詠《うた》われた真間の継橋《つぎはし》と呼ばれる橋があったのだが、それも落ちてしまっており、歌のとおりに馬の足音もしないどころか、田畑は荒れ果て、以前の道がどこだったのかもわからない。見覚えのある家もなくなり、ところどころに見える家屋に人が住むらしい気配はあるが、どれも記憶のものとは異なっている。

自分の家はどれだったかと途方に暮れて立ち尽くしていると、そこから二十間《けん》ほど離れたところへ、雷に裂かれた松の木が、雲間からさす星の光に照らし出されているのを見つけた。ああ、我が家の門の松があったと嬉《うれ》しくなって近づくと、果たして家は元どおりである。中に誰かがいるらしく、古びた戸の隙間から灯《あか》りがきらきらと零《こぼ》れでている。誰か他人が住んでいるのか、いやもしかしてと騒ぐ心を落ち着けて、門に立つと咳払《せきばら》いをした。

するとたちまち、家の内に動きがあって「どなたですか」と声が応《こた》える。歳月に変わってしまってはいるものの、間違いようのない妻の声である。これは夢かと胸は高鳴り、

「わたしだ。まさかひとりで生き延びていようとは。こんな浅茅《あさじ》が原《はら》でどうやって」

と呼びかけると、勝四郎の声に応えて戸が開いた。ひどく垢《あか》じみて黒ずんでしまい、目は落ち窪《くぼ》み、結《ゆ》い髪《がみ》も背に届くほどに伸びっぱなしで、見る影もない。夫を

見てさめざめと泣き出すのだが声にならない。勝四郎も気が遠くなったようになり、しばらく口がきけなかったが、ようやく気持ちを整えると口を開いた。

「こうして生きているとわかっていたなら、もっと早くに帰ってきた。あの年、京都で鎌倉の戦乱を聞き、鎌倉公方の軍勢が敗れ、この下総に逃げ込んで防戦していると聞いた。上杉側が勢いに乗って攻め立てていると。その翌日には雀部と別れて、八月のはじめには京都を発ったのだ。だが、木曾路《きそじ》で山賊どもにとり囲まれ、着物も金も全て奪われてしまい、命だけが助かった。そのあたりの人が言うには、東海道、東山道は至るところに新しい関所ができて、人を通さないという。前日には京から征東司令に節刀が下され、上杉勢に加勢するため、下総に向かったという。このあたりはとっくの昔に焼き払われて、馬の蹄《ひづめ》に踏みならされてしまったろうということだった。

お前も戦火に焼け死んだか海に沈んでしまっただろうと心残りを振り切って再び京都に戻ってからは、他人の世話になったまま七年をすごしてしまった。この頃わけもなく昔が思われ、せめてそなたの形見なりをと帰ってきたが、まさかこの世に生きていようとは。巫山《ふざん》の雲や漢宮《かんきゅう》の幻として話にきいたことのある、夢の中での再会のようだ。『文選《もんぜん》』や『漢書《かんじょ》』の中にいるようだ」

と、とめどなく話し続けた。妻は涙を抑えて応える。

「あなたとお別れしてからというもの、約束の秋がくる前に世の中は恐ろしく変わってしまいました。里の者はみな家を捨てて海を渡り、山に隠れて、里にわずかに残ったのは、乱暴者やひとくせある者ばかり。わたしがひとりでいるのを幸いと言葉巧みに言い寄ってきた者もいましたが、操を貫き、砕けることがあったとしても、見苦しい姿を晒《さら》すことはすまいとなんとかつらい日々を切り抜けました。

天の川が秋を告げてもあなたは戻っていらっしゃらない。冬を待ち、春がきても便りはない。いっそ京に上って行方《ゆくえ》を訊《たず》ねようかと思いましたが、男の身でさえ通れぬ関所を女の身では越えようもなく、軒の松を眺めて待つよりしかたないこの家で、狐《きつね》や梟《ふくろう》を相手に今日まですごしてきたのです。ようやく長い間の恨みも晴れて心残りも消えました。逢いたい気持ちのまま焦がれ死んでしまったら、恨めしさだけが残るところでした」

そう言ってまた泣きはじめたのを、

「こうやって話し続けていては夏の短い夜が朝になってしまう」

となだめて、一緒に床《とこ》につくことにした。風が障子の破れ目を揺らして夜通し冷えたが、旅の疲れにそのままぐっすり眠ってしまった。

翌朝、陽の出はじめる頃、ふと寒さを覚えた勝四郎が寝惚《ねぼ》けながらも布団《ふとん》を引き寄せようと手を伸ばすと、指先がさやさやとするなにかに触れた。気がつくと、顔にもぽたぽたと水が滴っている。雨漏りかと顔を上げると、屋根は風に飛ばされたのか、有明の月が白々と空に浮かんでいる。見回すと、家の戸などもほとんどないと同じである。簀子《すのこ》の床が腐り落ちた間から荻《おぎ》や薄《すすき》が突き出しており、朝露が降りた体は濡《ぬ》れそぼり、袖を絞るほどになっている。蔦《つた》や葛が壁を這《は》い、庭は雑草に埋め果てられて、野宿となにも変わらない。それにしてもどこへいったか、一緒に寝たはずの妻の姿がどこにも見えない。狐に化かされたのかと思ったが、荒れ果ててはいるものの自分の家に間違いなく、好みに合わせて広く造らせた奥の間から家の隅々、米の倉庫のあたりまで、記憶に残るままである。

呆然《ぼうぜん》として、大地が揺らいだように思えたが、心を落ち着け考え直してみると、妻はとっくに死んだに違いなかった。家は狐狸《こり》の住処《すみか》と成り果てており、こうしてあばら屋となっているわけだから、妖怪の類いが化けて生前の妻の姿を見せたということなのだろう。それとも自分を慕って妻の魂が冥府から戻り、一夜をともにしてくれたのか。やはり思ったとおりだったと、涙も涸《か》れて出てこない。

月はいつも同じ月であるのか、今年の春は去年の春と同じであるのか、我が身ひとつはもとの身にして、自分ひとりだけが同じ自分でい続けるのか、と在原業平《ありわらのなりひら》の歌を思い出しつつ、家の中を歩き回ると、以前は寝間だった場所の床をはがして土を積み、雨露を避けて塚が一つつくってあった。昨晩の幽霊はここからかと恐ろしい気持ちがすると同時にいじらしくもある。

手向《たむ》けの水の器が並んだ間へ、削った木に那須野紙《なすのがみ》を貼りつけたものが立ててある。すっかり古び、字もかすれて読みとりにくいが、これはどうも妻の手である。法名も年月もなく、三十一文字に最期の思いをこめて歌を詠んだものらしい。

さりともと思ふ心にはかられて世にもけふまでいける命か
（それでもいつかはお帰りになるだろうとだましだましに、
なんとか今日まで生き続けてはみたものの）

この歌を目にしてようやく、妻はもうこの世にいないのだと胸に迫って、大声で泣き叫んで倒れ臥《ふ》した。何年何月に亡くなったともわからないのが情けない。誰か知る人はいないものかと、涙を拭《ぬぐ》って外に出た頃にはもう陽も高く昇っていた。

まずはと近所の家を訪ねてみるが、住人も変わってしまっている。逆に「どこの国の方か」と不審がられる始末である。勝四郎は挨拶をして、

「隣の家の者なのですが、仕事で京に七年ほどいて、昨晩帰ってきたものの、家は荒れてしまって人もおりません。妻も死んだと見えまして塚がつくってあったのですが、いつのものかさえもわからず、悲しい限り。なにか御存知であればお教え下さい」

隣家の男が「それはお気の毒に」と言う。

「わたしはここに住んでまだ一年ほどで、そのずっと前に亡くなられたのでしょう、誰かを見かけたことはありません。この里に昔からいた人たちは乱がはじまると逃げ散ってしまって、今住んでいるのはみな、他の土地からきた者ばかりです。ひとりだけ、年寄りがおりまして、あれは古くから土地にいた人ではないでしょうか。

ときどき隣家へ入っていっては、その方の菩提《ぼだい》を弔《とむら》っておいでになる。あの人であればいついつのこととわかるのでは」

「なるほど、で、その方はどちらに」

と訊ねる勝四郎に男は応え、

「ここから浜の方へ百間ほど、畑に麻をたくさん育て、傍らに小さな庵《いおり》を結んでお住まいですよ」

勝四郎は喜んで、その家を訪ねることにした。見ると、恐ろしいほど腰の曲がった七十歳ばかりの年寄りが土間の竈《かまど》の前に円座を敷いて茶を啜《すす》っている。年寄りの方でも勝四郎に気づき、

「お前、どうしてこんなに遅くなった」

と声をかけてきた。この里に長い、漆間《うるま》の翁《おきな》という人物である。

勝四郎は翁の無事を喜んでから、京に出てからのこれまで、西国にとどまることになった経緯から、昨晩の奇怪な出来事までを細かに語った。翁が塚をつくって弔いをしてくれたことへの礼を述べながらも涙を抑えることができない。翁は言う。

「お前がここを離れたあと、その夏頃から戦がはじまり、里の者は方々へ逃げ、若

者は兵にとられて、田畑もたちまち、狐や兎《うさぎ》の住処になってしまった。ただお前の気丈な女房だけは、秋には帰るというお前の言葉を信じて家を離れようとしなかったのだ。わしは足が不自由で百歩を行くのも大変だから、堅く閉じこもっていることにした。木霊《こだま》などという化け物が横行するようになってしまった土地に年若い女がひとりでいるわけだから大変だ。あんな健気《けなげ》な人間は見たことがない。

秋も終わり翌年の春がすぎ、その年の八月十日に亡くなったよ。あまりに気の毒だから、土を運んで棺《ひつぎ》は埋めておいた。今際《いまわ》に書き残した歌を塚の目印として心ばかりの供養《くよう》としたが、わしには字の書き方などわからないから、何年何月と記すこともできず、寺も遠すぎて戒名をもらうこともできなかった。そうこうするうち五年が経《た》ったというわけだ。今のお前の話を聞くに、あの見事な女房殿の魂が一晩戻り、心残りを訴えたのだろう。塚に戻って丁重に供養してやるとよい」

そう言うと、杖《つえ》を引きずりながら先に立ち、ふたりで塚の前に膝をついて哭《な》きながら、その夜はそこで念仏を唱えて明かした。

寝られぬままに墓を守りつつ、翁はこんな話をはじめた。

「わしの爺《じい》さんのそのまた爺さんが生まれる前の、はるか昔々の話になる。この里に真間の手児女《てごな》というとても美しい娘があった。家は貧しかったから、麻衣《あさごろも》に青衿《あおえり》という祖末な身なりで、髪もけずらず裸足《はだし》でいたが、顔は満月のように光り輝き、笑えば花がほころんだよう、綾錦《あやにしき》を身につけた都の姫にも勝りこそすれ劣らなかったということだ。

里の者はもちろん、都からの兵《つわもの》や隣の国の者たちまでも、なにくれと言い寄っては想《おも》いを告げたが、そんなものは手児女にとってはつらいだけで、気が沈んでいくだけだった。

到底、みなの気持ちに報いることなどできないからと、ここの入江に身投げしたという。

世にも哀れな話だと歌に詠まれて語り伝えられておる。わしが小さな頃に、母親が面白く話してくれたものだが、宮木殿の心はこの手児女のいたいけな心よりなおいたわしい」

そう語りつつ泣き、泣きつつ語った。歳《とし》をとるとこういうことには耐えられないのだ。勝四郎の悲しみは言うまでもない。この話を聞いて勝四郎も、胸に余り溢《あふ》れ

るものを田舎者《いなかもの》なりにたどたどしく詠み、

いにしへの真間《まま》の手児奈《てごな》をかくばかり恋ひてしあらん真間のてごなを
（昔の人々も真間の手児女を、このように思い返していたのだろうか、
この葛飾の真間の女を）

胸に迫る気持ちのほんのさわりも詠むことができないもどかしさがかえって、巧みに詠まれた歌よりも哀れを催すところがあった。

下総の国にたびたび出かける商人の語った話である。

夢応《むおう》の鯉魚《りぎょ》

昔、延長《えんちょう》の頃、三井寺《みいでら》に興義《こうぎ》という僧があった。

興義は絵の名人として広く名前を知られていたが、神仏や山川草木、花鳥風月といったありきたりの題は採らない。寺の仕事の手があくと、琵琶湖《びわこ》に舟を浮かべる漁師に銭を渡して、網や釣りで獲《と》った魚を買いとる。それらを元の湖に放してやっては、魚の泳ぎを紙へ写すのである。長年そうしているうちに、絶妙の域へ至った。

あるときなどは、絵に没入するあまりそのまま夢に入り込み、大小様々の魚と湖の中を泳いでいた。目覚めたあとで見てきたままを描き壁に貼り、自ら「夢応《むおう》の鯉《り》魚《ぎょ》」と名づけた。

興義の絵の精妙さに打たれて欲しがる者は先を争い、花鳥山水のものは請われるままに与えてしまうが、鯉《こい》の絵はひどく惜しんで手放そうとしなかった。冗談めかして、「生き物を殺し、なまぐさを好む世俗の方に、坊主の飼う魚は渡せませんな」などと言っている。この絵はその言葉とともに、世間に広く評判となった。

ある年、興義は病気にかかり、七日ほど寝こんだあとで目を閉じるままに呼吸が止まり、死んでしまった。弟子や友人たちが集まってきて嘆き惜しんでいたところ、誰かが、どうも胸のあたりがわずかに温かいと言い出した。万が一にもととり囲んで見守っていると、三日がすぎたところで手足がわずかに動いた、と思う間もなく、興義は長く息を吐いて目を開き、丁度今目が醒《さ》めたというように起き上がった。そうして周囲の人々へ、

「長い間正気を失っておったはず。何日経《た》ったか」

と訊《たず》ねた。

「師僧の息が止まったのは三日前です。寺中の者はもちろん、日頃馴染《なじ》みの方々もお見えになりまして、葬儀のことも考えましたが、師僧の胸元が温かいのに気がつ

いて、棺《ひつぎ》には入れず様子を見ておりました。無事に蘇生《そせい》されてなにより。あわてて埋葬していたらおおごとでした」

興義はこれを聞いて頷《うなず》くと、

「誰でもよい。ひとり、檀家《だんか》の平《たいら》の助《すけ》の殿の館へいって、『興義が不思議なことに蘇《よみがえ》りました、殿は只今《ただいま》、酒を酌み、鮮魚の膾《なます》を造らせておいでのはず。しばし宴を中断され、寺までおいで頂けないだろうか。世にも奇妙な物語をお聞かせしましょう』と伝えるのだ。あそこの方々がどうしているか見て参れ。わたしの言ったとおりのはずだから」

使いは怪しみながらも館へ出かけ、言葉のとおりに伝えた。中の様子をうかがうと不思議なことに、主《あるじ》をはじめ、その弟の十郎《じゅうろう》、家臣の掃守《かもり》などが、師の言葉のとおり、輪になって酒を酌み交わしている。話を聞いた平の助の館の人々は大層不思議がり、とりあえず箸《はし》を置くことにして、十郎や掃守も引き連れて寺へ出向くことにした。

興義が枕から頭を上げて、御足労をおかけしたと挨拶すると、平の助も興義が蘇生したことへの祝いを述べる。興義はこう切り出した。

「殿、ものは試し、これからわたしが申しますことをお聞き下さい。殿はあの漁師の文四《ぶんし》に魚を注文なさったのでは」

　平の助は驚いて、

「左様です。どうしておわかりになりました」

　興義は続けて、

「文四は籠《かご》に三尺あまりの魚を持って殿の館へ入っていきました。殿は弟君と表座敷で碁を打っておられた。掃守殿は傍らで大きな桃を食べながら、その碁を見ておりましたな。文四が大きな魚を持ってきたのを喜ばれ、器に盛った桃を褒美としてお与えになると、盃《さかずき》を渡して存分に酒を振る舞われた。料理人が心得顔で魚をとり上げ、膾に造ったところまで、拙僧の言ったとおりで相違ありますまい」

　興義の話に、平の助たちは驚き惑い、なぜそんな細かなところまでわかるのかを訊ねると、興義はこう語りはじめた。

「拙僧はこの頃、病に苦しめられておりましたが、苦痛のあまり自分が死んだことにも気づかなかったようですな。せめて熱を冷まそうと杖《つえ》をついて門を出てみると、少し気分が楽になり、籠の鳥が空に帰ったような心持ちとなりました。そうして山となく里となく進んでいくと、いつもの湖のほとりに出たのです。碧色《みどりいろ》の湖面を目にした瞬間、気が遠くなり、水浴びがしたくて堪《たま》らなくなった。衣を脱ぐや、身を躍らせて湖に跳び込んだのです。あちらこちらと泳ぎ巡ると、別段、幼い頃から水に馴染んでいたわけでもないのに、体が思うままに動くのですな。今にして思えば夢ならではです。

それでも、人が魚のように泳げるわけではありません。そこで魚の泳ぐ様をうらやむ心が出たのです。すると、横に一匹の大きな魚が現れ、こう言いました。

『貴僧の願いをかなえるのは容易《たやす》いことです。お待ち下さい』

魚はそう言い残し、はるか水底へ潜っていったのですが、しばらくすると先ほどの大きな魚にまたがった冠装束姿の人物が大勢の水属を率《ひ》き連れて浮かんできました。その人物は、

『海神《わたつみ》の詔《みことのり》をお伝えする。貴僧は以前より、捕らわれた魚を助け、放生《ほうじょう》の功徳《くどく》を積むこと大である。今この機会に、魚のように泳いでみたいという。よろしい。金《きん》鯉《り》の服を貸し出し、我ら眷属《けんぞく》の喜びを味わわせて進ぜる。ただし、旨《うま》そうな餌《えさ》に目

がくらみ、釣り糸にかかれば命はないぞ』
と告げて身をひるがえし、姿が見えなくなりました。
奇妙なことだと考えながら自分の体に目をやると、いつの間にやら体は鱗《うろこ》に覆われており、金色の光を放つ一匹の鯉魚になっております。特に不思議と思うこともなく自然と尾を振り、鰭《ひれ》を叩《たた》いて気の向くままにあたりを泳ぎ回ることにしました。
まずは長等《ながら》の山おろし、この寺の裏から下りる風に吹かれて立つ波に体を乗せて、琵琶湖西岸を北へと進み、志賀《しが》の大曲《おおわだ》、唐崎《からさき》の夜雨《やう》を想《おも》い入江に遊べば、浅瀬をゆきかう人の姿に驚かされて、暮雪《ぼせつ》に名高い比良《ひら》山の映る水面《みなも》を跳ねて深みへ潜ったところで目に映るのは、堅田《かただ》の漁《いさ》り火《び》。夢見心地に引き寄せられて、『さ夜深《よふ》けて、夜中《よなか》の潟《かた》に』と詠《うた》われる夜中の潟に揺れる月の姿を空に探すと、対岸のくもりなき鏡山《かがみやま》の峰にかかる姿は古歌のごとく、八十《やそ》の港を八方照らして隠れなし。沖津《おきつ》島《しま》、竹生《ちくぶ》島《しま》の神社の朱色の玉垣が漆黒の波間に揺らめき映える様は素晴らしく、そうするうちに夜も明けはじめ、伊吹山《いぶきやま》から吹き下ろす風に乗せて朝妻《あさづま》の港から漕《こ》ぎ出す舟も増えてきて、葦《あし》の間で見ていた夢を醒まされて、矢橋《やばせ》の渡しの竿《さお》を逃れて瀬田《せた》の唐橋《からはし》、橋守りの足音に追い立てられました。

陽《ひ》が高ければ浮かび、風が荒れれば水底《みなそこ》を行き、心のままに泳ぎ続けていたところ、突然、腹が減りだして、ひもじいことに気がついたのです。あちらこちらと探してみても食べ物はなく、どうしようもない。気も狂いそうになったところで丁度、文四が釣り糸を垂れているのに出くわしたのです。この餌が無闇と旨そうに見える。心では海神《わたつみ》の言葉を忘れず覚えている。わたしは仏の御弟子である。しばらく食べずにいたからといって、どうして意地汚くも魚の餌を口にしようかと、その場を離れることにしました。しかし飢えはますますつのり、どうしたものかと考え直して、こうなってはもう我慢がきかない。たとえ餌を呑《の》んだとしても、うかうかと捕まるわたしではなく、もともと文四は知り合いである。なんの遠慮があるものかと、とうとう餌に食いつきまして、文四は素早く糸を引き、拙僧をその手に捕らえたのです。

『なにをする』

と叫んだものの、文四にはなにも聞こえぬらしく拙僧の鰓《えら》に縄を通して、舟を葦の並んだ岸に繋《つな》ぐと籠に押しこめ、あなたの館へ向かったのです。あなたは弟君と表座敷で碁を打っておられた。掃守殿は傍らで桃を食べている。文四の手の中の大

きな魚を見るとみなさんは大いにほめそやし、拙僧はそのときみなさんに向け声を張り上げ、

『みな様、興義をお忘れになられたか、どうか御勘弁、寺にお戻し下さいませ』

と何度も叫んでいたわけですが、みなさんは素知らぬ顔で、それどころか手を打って喜ぶ始末。料理人はまず拙僧の両眼《りょうめ》を左手の指でしっかと押さえ、右手には研ぎ澄ました刀をとり上げ、拙僧をまな板に横たえると、あとは振り下ろすだけとなったそのとき、拙僧はあまりの苦しさに大声を上げ、

『仏弟子を殺すという法があろうか。助けてくれ、助けてくれ』

と泣いて叫んだわけですが、料理人は聞き入れない。最早《もはや》これまで、もう斬られたと思ったところで夢から醒めたのです」

と結んで語り終えた。人々は大いに驚き不思議がり、「師僧がお話しになったことを顧みると、確かに仰《おっしゃ》るとおり、魚の口が喘《あえ》いでおりました。声こそ聞こえはしませんでしたが。このような出来事を目の当《ま》たりにしようとは不思議なこともあるものだ」と従者を家に走らせて残った膾を湖へ捨てさせた。

病の癒《い》えた興義は、ずっとのちになってから天寿を全うして亡くなった。その終わりのときにあたって、描きためた鯉の絵を数枚、湖に散らしてみたところ、描かれた鯉が紙を離れて水に泳いでいったという。それゆえ、興義の絵は後世に伝わることなく、その弟子の成光《なりみつ》なる者が興義の技を継いでひと頃は有名であった。成光が閑院《かんいん》の御殿の襖《ふすま》に鶏《にわとり》を描いたところ、生きた鶏がこの絵に蹴りかかったということが、古い物語に載せられている。

仏《ぶっ》法《ぽう》僧《そう》

心安《うらやす》の国と呼ばれるこの国は長く平和の下にあり、誰もが仕事を楽しみ余暇に遊んで、春には咲き誇る桜の下へ集いくつろぎ、秋には錦のように山へ流れる紅葉《もみじ》を目に映しに出かけ、海に浮かぶ知《し》らぬ火《い》で知られる筑紫路《つくしじ》を知らぬままにはしておけないと波を枕に西に旅する間にも、東国の富士《ふじ》や筑波《つくば》の山々を気にかけたりと忙しい。

伊勢《いせ》の相可《おうか》という里の拝志《はやし》の家に男があった。早々に家業を譲ると躊躇《ためら》いもなく髪を下ろして隠居となって、名を夢然《むぜん》と改めている。もともと丈夫な体であったことから、あちらこちらと旅して回るのを老後の楽しみとした。

末の作之治《さくのじ》という息子が生まれついての堅物《かたぶつ》なのを心配し、都《みやこ》の風でも当てようかと、正月頃から京都二条《にじょう》の別荘に滞在したのち、三月の末には吉野《よしの》の奥に花見に出かけることにした。知り合いの寺へ挨拶をして七日ほどをすごしてみてから、ものはついでというものなのか、「まだ高野山《こうやさん》を見たことがない、いくぞ」と言い出し、夏のはじめの茂る青葉をかき分け進み、天川《てんかわ》を抜け、高野山のお山に辿《たど》り着いた。

途中の道の険しさに暇をとられて、思いがけずに既に夕暮れどきである。壇上《だんじょう》を拝み、塔堂を回り、奥之院《おくのいん》の霊廟《れいびょう》までを残らず巡って、「一晩の宿をお願いしたい」ときいて回るが、誰も応じる者がない。通りがかりの者に訊《たず》ねると、「寺や僧坊に縁故のない方は、一度麓《ふもと》へ下りてもらうのが土地の習いです。お山では旅人に宿を貸さないのです」と言う。

さてどうしたものか、さすがに老いの身で険しい山道を越えてきたあとでこう聞かされて、どっと疲れが出てしまった。

作之治が言う。

「陽《ひ》も暮れたし足も痛みます。あの道を戻るのは無理でしょう。わたしは若いですから野宿だって構いませんが、かといって父上に体調を崩されるのも困ります」

夢然が応《こた》える。

「旅はこういうところを楽しむものだ。ここで脚に無理をさせてなんとか山を下りたところで自分の家があるでなし、そのあとのあてても別にない。この山は日本一の霊場にして、開祖、弘法大師《こうぼうだいし》の徳は広大無辺。夜通し祈り、後世《ごせ》のことなど願うためにわざわざやってくるような場所ではないか。これも縁というものだろう、霊廟で一晩お参りするのがよい」

と、杉の立ち並ぶ薄暗い道を進んでいって霊廟前の燈籠堂《とうろうどう》の簀子《すのこ》縁《えん》に上がり込み、雨具を広げて居場所をつくった。静かに念仏を唱えはじめてみたものの、さすがに夜が更けていくのは心細い。

このあたりは五十町四方にひらけ、清らかな林が続き、小石一つないように掃かれた聖域であり、奥之院のあたりは寺からも離れているから、経の声や、鈴や錫《しゃく》杖《じょう》の音も聞こえてこない。茂り伸びる木々が雲を遮り、道を分ける川の水音が細々と澄み透るように響いて寂しさがつのる。

夢然は寝つけず、

「そもそも弘法大師の大徳は草や木どころか土や石まで成仏させ、八百年経《た》った今日でも、ますますあらたかでますます尊い。数多《あまた》訪れた場所の多くに様々な逸話を残しておられるが、このお山こそ第一等の霊場である。

大師が遠く唐土《もろこし》にいらしたときになにか感じるところがあって、『この三鈷杵《さんこしょ》が落ちた地が我が道の礎《いしずえ》となる』と虚空に投じた三鈷杵が、このお山に落ちたということだ。壇上の御影堂《みえいどう》の三鈷の松が、まさにその場所だときく。

お山の山川草木、水や石に至るまで、霊気を帯びていないものはないという。今宵《こよい》、どうした縁かこうして一夜を明かすことになったのも、前世からの定めだろう。お前も若いからといって信心というものを馬鹿にしてはいけない」と小声で語って聞かせるのだが、あたりは静まりかえっているから、かえって心細さが際立つばかりである。

霊廟の裏の林からなのだろう、「仏法《ブッパン》、仏法《ブッパン》」と啼《な》く鳥の声がこだまして近くに聞こえた。この声を聞いた夢然は俄然《がぜん》目が冴《さ》え、

「なんという巡り合わせか、あの声が仏法僧《ぶっぽうそう》というものだろう。この山にいると聞

いてはいたが、はっきりと声を耳にしたという者に会ったことがない。今夜こうしてとどまった御利益《ごりやく》で、現世の罪が消え来世に善を積むことになるというさきがけだろうか。仏法僧は清浄の地にしか棲《す》まないという。上野《こうずけ》の国の迦葉山《かしょうざん》、下野《しもつけ》の国の二荒山《ふたらさん》、京であれば醍醐《だいご》の峰、河内《かわち》の杵《し》長山《ながさん》、なかでもこの高野山に棲むということは、大師の詩にもあってよく知られていることなのだ。

寒林独坐草堂暁《ふゆのあさひとりすわっている》
三宝之声聞一鳥《ぶっぽうそうとなくこえがある》
一鳥有声人有心《とりにこえ、ひとにこころあり》
性心雲水倶了々《あらゆるすべてがさとりである》

また、古歌にこのようなものがある。

松の尾の峰静《しづか》なる曙《あけぼの》にあふぎて聞けば仏法僧啼く
（松尾《まつお》山《さん》の静まりかえった曙の中、

仰ぎ見ると仏・法・僧の声が聞こえる)

昔、松尾山の最福寺《さいふくじ》の延朗法師《えんろうほうし》が並びなき法華経《ほけきょう》の護持者だったことから、松の尾の神がこの鳥をつかわし、延朗の身近に仕えさせたという話がある。つまり、松の尾の神域にもこの鳥が棲んでいたのだ。奇《く》しくも今夜、さっそく一声聞くことができた。鳥に声、人に心あり、わたしはここにあり、心はわたしとともにある」と言うと、日頃趣味としている俳諧の一句をしばらく案じ、仏法の秘密を隠すこの山に、鳥は姿を隠したままであるところから、

鳥の音《ね》も秘密の山の茂みかな

と詠《よ》んだ。

旅用の硯《すずり》をとり出し、御灯《みあかし》の光を頼りに書きつける。もう一声聞こえないものかと耳を澄ましていると意外なことに、遠く寺の方から、先払いするいかめしい声が上がって、段々と近づいてくる様子である。「一体誰がこんな夜更けに参詣するの

か」といぶかしくもあり恐ろしくもあり、親子で顔を見合わせ息をひそめて、そちらの方をうかがっていると、すぐに先払いの若い侍が橋板を荒々しく踏んで現れた。

驚いて燈籠堂の右側へ隠れた親子をこの武士はめざとく見つけ、

「何者であるか。殿下のお出ましである。今すぐに縁から下りろ」

と言うのであわてて簀子縁を下り、ひれ伏してうずくまった。間もなくたくさんの足音が続いた中に、ひときわ高い沓音《くつおと》が響き、烏帽子《えぼし》に直衣《のうし》姿の貴人が燈籠堂に上った。従者の武士が四、五人、左右に分かれて横に控える。

その貴人が周囲へ向けて、「誰々はなぜこない」と訊ね、武士たちは、「もうすぐ参上されるはずです」と応えている。また一団の足音がして、威厳のある武士や頭を丸めた法師などが入り交じってやってきて、貴人に礼をすると次々に燈籠堂へ上っていく。

貴人は今着いたばかりの武士へ、

「常陸介《ひたちのすけ》、なぜ遅れた」

武士が応える。

「白江《しらえ》備後守《びんごのかみ》と熊谷大膳亮《くまがいだいぜんのすけ》のふたりが、殿下に御酒《みき》を差し上げるのだと手間どりまして、それならわたくしも鮮魚を一品参らせようと、お供に遅れてしまいました」

　さっそく酒肴《さかな》を並べてお勧めすると、「不破《ふわ》万作《ばんさく》、酌をせよ」と貴人が言う。若い美男の侍がかしこまりつつそばへ寄って瓶子《へいじ》を捧《ささ》げる。あちらこちらと盃《さかずき》を巡らせるうちに、興が乗ってきたようである。

　貴人はまた口を開いて、

「このところしばらく紹巴《じょうは》の話を聞いておらぬ。出て参れ」と言う。みなが口々にその名を呼ぶと、身を縮めたままの夢然の背後から体格のよい男が立ち上がり、大きな顔で目鼻立ちのはっきりとしたその法師は僧衣を整え座の末席へと出ていった。貴人はこの法師へ歌や故事をあれこれお訊ねになり、法師が淀《よど》みなく返答するとひどく感じ入った様子になって、「この者に褒美をとらせよ」と言った。

　続いてひとりの武士が立ち上がり、この法師に向けて訊ねた。

「この山は高徳の大師がお開きになり、土石草木、霊気を帯びないものはないと聞きます。しかしここを流れる玉川《たまがわ》には毒があるとのこと。飲めば死ぬというので大師がお詠みになった歌に、

わすれても汲《くみ》やしつらん旅人の高野《たかの》の奥の玉川の水
（高野山の奥を流れる玉川の水を汲むときは、
忘れなさるなこの歌を）

というものがあるとか。高い徳があるというなら、いっそ毒のある川などというものは涸《か》らしてしまえばよいようなもの。道理に外れた話ではないか。これをどう御説明になる」

法師は微笑《ほほえ》み、

「それは『風雅集《ふうがしゅう》』に入っている歌のことです。その詞書《ことばがき》に『高野山の奥之院へと続く道にある玉川の上流には毒虫が多く、この水を飲んではいけないと戒めて詠んだものである』とありますから、あなたのおっしゃることは正しい。

お疑いはもっともです。弘法大師が神通自在であることは、目に見えない神を操り、道なき道をひらき、固い岩にも土を掘るより容易《たやす》く穴をあけ、大蛇を封じ、化鳥を手なずけられたこと、世の人がみな知るところであることからも明らかですから。

つまりこの詞書の方が間違えている。もともと玉川と呼ばれる川はあちこちにあり、どの玉川を詠んだ歌も、水の清らかさを讃《たた》えていることを思えば、この玉川も毒のある流れではなく、歌の意味も、参詣する者が水のあまりの美しさに、名のある川であることなど思い浮かべるまでもなく手にすくって飲むであろう、とされたのを、のちの人が毒があると詠んだと勘違いしてこの詞書をつけ加えたのではないでしょうか。

さらにもう少し疑うならば、この歌の調子は大師が入定《にゅうじょう》される以前、平安朝のはじめの頃の歌風ではありません。およそこの国の古語で玉鬘《たまかずら》、玉簾《たまだれ》、珠衣《たまぎぬ》といった類《たぐ》いの語は、その形をほめ、清らかさを賞賛する言葉ですから、清水のことも、玉水、玉の井、玉川として讃えるのです。毒のある流れに玉という語はのせないでしょう。仏法一本で歌に詳しくない者などは、よくこのような間違いをしでかすのです。あなたは歌を詠む方ではありませんのに、この歌の意味を奇妙にお感じになったのは、日頃の心がけあってのこと」

と、大いに賞賛した。貴人をはじめ、周りの者たちもこの解説にしきりに感心している様子である。

そうするうちに燈籠堂のすぐ後ろから、「仏法《ブッパン》、仏法《ブッパン》」と啼く声が近く響いた。

貴人は盃を持ち上げてみせ、

「あの鳥の声も久しぶりだ、これで今宵の酒宴もますますめでたい。紹巴、どう詠む」

と訊ねる。法師はかしこまってみせ、

「わたくしの発句《ほっく》は殿下には古くさく思われましょう。この場に旅人があり、当世風な俳諧を嗜《たしな》む様子。殿下にはお馴染《なじ》みありますまい。お召しになってお訊ねになるとよろしいでしょう」

と言う。貴人が、

「その者をここへ」

と命じたのを受け、若い侍が夢然へ向かって、

「お召しである。こちらへ参れ」

と言う。恐ろしさのあまり夢とも現《うつつ》ともつかないままに、貴人の前へと這《は》い出した。

法師が夢然に、

「先ほど詠んでいた歌を殿下に申し上げよ」

と言う。夢然は恐る恐る、

「どう詠んだか覚えておりません。平にご容赦を」

と応えた。法師は再び、

「秘密の山が云々《うんぬん》と申されたはず、殿下の御所望である。今すぐに申し上げるように」

と言う。夢然はますます恐ろしくなり、

「殿下と申されますのはどなたのことで、どうしてこのような山奥でこんな時間に宴を催されているのでしょうか。なんともわからず狼狽《うろた》えております」

と訊ねた。法師は応えて、

「殿下は、関白、豊臣秀次《とよとみひでつぐ》公にあらせられる。周りの方々は、木村《きむら》常陸介、雀部《ささべ》淡路守《あわじのかみ》、白江備後守、熊谷大膳亮、粟野《あわの》杢助《もくすけ》、日比野《ひびの》下野守《しもつけのかみ》、山口少雲《やまぐちしょううん》、丸毛《まるも》不心《ふしん》、隆西《りゅうさい》入道、山本主殿助《やまもととのものすけ》、山田《やまだ》三十郎《さんじゅうろう》、不破万作。かくいうわたしは里村《さとむら》紹巴である。そなたたちは超常のお目通りをしているのだ。先ほどの歌を急いで申し上げよ」と言う。

するとこれは、文禄《ぶんろく》の頃、残虐横暴を理由に高野山に蟄居《ちっきょ》とされ切腹となった、摂政豊臣秀次とその家臣たちの宴である。これには頭を丸めた夢然でも、髪があれば全て逆立ちかねない場面、肝も魂も吹き飛ばされた態《てい》となり、おののき震えて頭陀袋《ずだぶくろ》から見苦しくない紙を探して、覚束《おぼつか》ない筆で句を書きつけて差し出したのを、山本主殿助が受けとって声高に読み上げた。

鳥の音《ね》も秘密の山の茂みかな

貴人はこれを思案して、

「小器用につくりおったな。誰か脇句をつけてみよ」

と命じたところ、山田三十郎が進み出て、

「わたくしが引き受けましょう」

としばらく黙り込んでから、

芥子《けし》たき明《あか》すみじか夜の床《ゆか》

と書き足した。

夏の夜は短く、夜通し芥子を焚《た》いていた護摩壇《ごまだん》にももう朝の気配がやってきた、というくらいの意味だろう。

「どうであろう」

と山田三十郎が紙を紹巴に見せる。

「立派なものです」

と紹巴が殿下にそれを差し出し、殿下の方では「悪くない」と面白がって、また盃を上げると一座の者に振る舞った。

そこで突然、淡路守と呼ばれた者が顔色を変え、

「なんともう修羅の刻限ではないか、阿修羅《あしゅら》どもがやって参りますぞ。御準備を」

と声をかけると、一座の者はみなたちまちに顔に血を注いだように真っ赤になって、

「いざ、石田《いしだ》、増田《ました》の奴輩《やつばら》に今夜も一泡吹かせてくれる」

と勇み立って騒ぎはじめた。関白秀次が木村常陸介へ、

「思えばつまらぬ者どもに姿を見せた。そこのふたりも修羅道《しゅらどう》へ連れて参れ」

と命じる。老臣たちが間に入り声をそろえて、

「まだ天命の尽きぬ者たちです。これ以上なお罪なき者の命を奪ってはなりません」

とあれこれとりなそうとするうちに、貴人やそれらの人々の姿形は空へ溶け込むように消えてしまった。

夢然親子は気を失って、明け白んでいく空の下、しばらくは死んだようになっていた。露の冷たさに正気づきはしたものの、まだ夜が明けきらないのでまんじりともせず、弘法大師の名をせわしなく何度も唱えて、ようやく朝陽がさしてきたのももどかしくあわてて下山し、都に帰って薬を整え、鍼《はり》を打って養生につとめた。

のちに夢然が京都三条《さんじょう》の橋を通りがかったときのこと、すぐそばの瑞泉寺《ずいせんじ》へと自然に目が引きつけられた。その寺の元になったのが殺生関白秀次の首が晒《さら》され、女子供に至るまで一族郎党の遺体が埋められた悪逆塚であることを思い出し、「白昼とはいえ、心底肝が冷えたものである」と京の人々に語ったという。

実話である。

吉備津《きびつ》の釜《かま》

「嫉妬深い女は面倒だが、歳《とし》をとると有り難いこともあるものだ」などと言う者がある。妬婦《とふ》というのは、おとなしいやつであっても、仕事の邪魔をし、物に当たって、隣近所の噂《うわさ》の種になること必定《ひつじょう》であり、はなはだしくは家を傾け、国を滅ぼし、天下の笑い者になる羽目に陥る。昔から、この種の女で身を滅ぼした者の数は知れない。『五雑俎《ござつそ》』などにあるように、死んでなお大蛇に変じ、あるいは雷電を操り怨《うら》みを晴らそうとする類《たぐ》いの女は、明《みん》の太祖《たいそ》がしたように、その肉を切り刻んで塩漬けにしてみたところで、とても安心できるものではない。さすがにそこまで凄《すさ》まじいやつが滅多にいないのは幸いである。

男がしっかり自分を律し、家庭に目を光らせていれば、そんな破滅は自然と避けることができるのである。それをつい気をゆるめて気移りするから、女のねじけた性《さが》を引き出し、面倒事になってしまう。「鳥は気合いで、妻は甲斐性《かいしょう》で抑えこめ」とはよく言ったものである。

吉備《きび》の国賀夜《かや》の郡《こおり》、庭妹《にいせ》の里に、井沢庄太夫《いざわしょうだゆう》という者がある。その祖父は播磨《はりま》の赤松《あかまつ》氏に仕えていたが、先の嘉吉《かきつ》元年の戦をきりに赤松氏の居城を離れ、この地で畑仕事をはじめることにした。以来、庄太夫までの三代、春は耕し秋は刈り入れ、家は豊かに暮らしている。

この庄太夫には、正太郎《しょうたろう》というひとり息子があった。農作業を嫌って酒ばかり飲み、女に溺れて父親の言うことをきこうとしない。これを嘆いた両親は相談を重ね、「あれほどどこか良家から、顔のよいのをもらって一緒にさせれば、身持ちもきっと落ち着くのでは」ということになった。広く国中を探し求めたところ、運よく世話してくれる人が見つかった。

「吉備津《きびつ》神社の神主《かんざね》、香央造酒《かさだみき》の娘は生まれつき器量よしで親の言いつけをよく守り、歌も詠《よ》めば琴もたしなむ。あの家はもともと吉備鴨別命《きびのかもわけのみこと》の末裔《まつえい》だから由緒も正しく、あなたの家にもよい御縁となるはずだ。わたしもこの縁談を後押ししたい。そちらのお考えはいかがですかな」ということである。

「そんな方がおりましたか。我が家にとっては家運長久のめでたい話」と庄太夫は大喜びしてみたものの、「しかし、香央といえば国の名家。こちらは氏素性のない農民の身。家格《かかく》が釣り合わなければ、向こうが受けつけないでしょう」

「御謙遜ですな。では、話をまとめて、式では祝いの歌を歌って進ぜよう」

仲人の老人はそう笑い、香央の家に出向いていった。話を聞いた香央の主人も喜び、妻に相談してみたところ、

「あの娘ももう十七。誰かよい相手がいないものかと、日頃やきもきしていたところです。さっそく吉日を見つくろって結納してしまいましょう」と乗り気になってせき立ててくる。

あっという間に婚約が成り、その旨《むね》、井沢の家に言って返した。間もなく、結納を厚く交わすと吉日を選んで婚儀を執り行う運びとなった。

香央の家ではそれに先立ち、幸運を祈り縁起を担ぐということで、巫女《みこ》や神官を

呼び集めると、釜に湯を沸かし、湯立ての儀式を行うことにした。そもそも吉備津神社に参詣する者は、様々な物品を供え奉り、御釜に沸かした御湯《みゆ》を祀《まつ》って吉凶を占ってもらおうとやってくるのである。巫女の祝詞《のりと》が終わり、沸きたぎった湯をたたえた釜が牛の吼《ほ》えるような音を立てれば吉兆であり、音がなければ凶兆となる。これを吉備津の釜祓《かまばらい》という。ところがこの香央の家の婚姻は神の気に入らなかったものか、草叢《くさむら》で秋の虫が鳴くほどの音も立たなかった。

不吉に思った香央造酒は妻に相談してみたが、相手にされない。

「釜の音が立たないのは、神官たちの潔斎《けっさい》が足りなかったからでしょう。もう結納も交わしてしまいましたし、『一度赤縄で夫婦を結んでしまったら、仇敵《きゅうてき》の家だろうが異国の者だろうが相手を代えることはできない』というでしょう。なにより、井沢の家は由緒ある武家の末裔。厳格な家風の家だそうですから、ここまで進んだ話を断るのは無理というものです。それに、婿殿《むこどの》の男ぶりを聞いて嫁入りを指折り数えている娘がそんなことを聞いたらどうなるか。なにかあってからでは遅いのですよ」

と様々に理由をつけて止めたのは、なるほどそれが女というものなのだろう。

香央ももともと乗り気の縁談なので、それ以上は文句を言わず、妻に従い婚儀を整えた。両家の親族が集い、鶴の千年《ちとせ》、亀の万代《よろずよ》と謡《うた》い囃《はや》して、この縁組みを祝福した。

香央の娘を磯良《いそら》といった。

嫁《とつ》いでからは、朝は早くに起き出して、夜は遅くに布団《ふとん》に入り、常に義理の両親の周りで立ち働いては、夫の気性も呑《の》み込んで、誠心誠意これに仕えた。井沢の両親は磯良の孝行と夫に仕える姿をとても喜び、正太郎も彼女の働き具合を慈しみ、夫婦仲は睦《むつ》まじかった。

しかし生まれつきの遊び心というものは、どうにもしようがないものである。いつ頃からか、正太郎は鞆《とも》の津《つ》にいる袖《そで》という名の遊女と深い仲となってしまった。とうとうこれを身請けして、近所に別宅をあつらえ入り浸り、何日も家をあけるようになった。

これを恨んだ磯良は井沢の両親の怒りにかこつけては文句を言い、あるいは直接、浮気心をなじるのだったが、正太郎は上の空で聞き流すばかり。そうこうするうち何カ月も家に寄りつかないようになってしまった。

磯良のいじらしい振る舞いを見かねた井沢の父親は、正太郎をきつく叱《しか》ってついに部屋に閉じこめてしまったのだが、磯良はそれも悲しんで、朝夕となく細やかに身の回りの世話を焼き、その上、袖の方へもこっそりと物を送って、できる限りの誠意を見せて応対した。

そんなある日のことである。父親が家をあけた折、正太郎は磯良にこう語ってきかせた。

「お前には面倒と苦労をかけてばかりだ。俺が間違っていた。

あの女を故郷に返してやって、父にはちゃんと詫《わ》びを入れる。あれは播磨の印南《いなみ》野《の》の生まれで、親もない身で苦しんでいるのがたいそう不憫《ふびん》でつい情けをかけてしまった。俺が見放したら、船頭相手の遊女にでも身を落とすことになるだろう。同じ遊女稼業にしても、京の人は情もあるというから、あれを京へと送っていって、身分のある方に仕えさせたい。俺は今こんな有様だから、袖も手持ちがないだろう。旅費や着物を誰かが用意してやらねばならん。なんとか上手《うま》く、お前、ひとつあれを助けてやってはくれないか」

熱心に頼み込まれた磯良はとても喜んで、「御安心下さいませ」と、こっそり自分の着物や道具を金に換え、実家の香央の母へも嘘《うそ》をついて金を借り、正太郎に与えた。正太郎はこの金を手に入れると、ひそかに家を抜け出して、そのまま袖と一緒に京を目指して駆け落ちしてしまった。

こうまで馬鹿にされたからには、磯良はただひたすらに嘆き悲しむだけでなく、正太郎を恨みに恨み抜き、とうとう重い病気にかかって寝たきりとなってしまった。井沢、香央の人々も正太郎を憎み、磯良を憐《あわ》れみ、医者を呼んでなんとかしようとしたものの、粥《かゆ》さえ喉を通らぬようになってしまって、命も覚束《おぼつか》ない有様である。

さて、播磨の国印南《いなみ》の郡《こおり》は荒井《あらい》の里に、袖の従弟《いとこ》の彦六《ひころく》という男がある。正太郎と袖のふたりはまずこの彦六を頼ることにして、しばらく厄介になっていた。

彦六が言うには、

「京だからといって、みながみな頼りになるものでもないだろう。ここで暮らせばよい、釜の飯を分け合えばどうでもやっていけるだろう」

ということである。そう請け合われると、正太郎にもなるほどという気持ちが起こり、ふたりはここに住み着くことにした。彦六の方では隣り合うあばら屋を借りてくれ、仲間ができたと喜んでいる。

そうして暮らしはじめたところで、紬が風邪を引いたらしいと言い出した。どことなく調子がおかしく、なにかにとり憑《つ》かれたように言動が奇妙になっていく。ようやくふたりで落ち着くところまで漕《こ》ぎ着けたのにと正太郎は嘆き悲しみ、自分の食事も忘れてつきっきりで看病した。紬はただただ泣き声を上げ、胸が痛んで我慢できないようなのだが、熱さえ下がれば元どおりになる。正太郎はその様子を見ているうちに、もしかするとこれが生霊《いきりょう》というものかも知れない、まさか故郷に捨ててきたあいつの仕業かと思い悩むようになった。

「そんなことはあるわけがない。疫病の苦しみ方はたくさん見てきたから知っている。熱がふと下がったときには、見ていたものを夢のように忘れてしまうものなのだ」

と気楽に励ます彦六の自信が頼もしかったが、紬の病気はますます重くなっていき、回復の兆しもないままに、七日目にして死んでしまった。

正太郎は天を仰ぎ、地を叩《たた》いて哭《な》き悲しみ、一緒に死んでしまいたかったと狂ったように叫んでいる。彦六はあの手この手でなだめすかして、このままにはしておけないだろうと繰り返し言い聞かせ、ようやく亡骸《なきがら》を荒れ野で火葬にすることができた。骨を拾い、塚を築くと、卒塔婆《そとば》を立てて僧を呼び、手厚く菩提《ぼだい》を弔《とむら》った。正太郎は地に伏したまま黄泉路《よみじ》の袖を呼び続けたが、魂を呼び戻す術《すべ》があるわけでもない。天を仰いで故郷を思うと、冥界よりもいっそ遠く、これから先の行く手も見えず、過去との繋《つな》がりも絶ってしまって進退窮まる形となった。昼は終日臥《ふ》せったままで夕方を待ち、墓へと参る暮らしを続けるうちに、はやくも墓に雑草が茂りはじめて、虫の声が哀《かな》しく響くばかりの季節になった。

我が身ひとつの秋にはあらねど、と歌にはいうものの、この秋の侘《わび》しさを分かちあう相手もいなくなってしまったと正太郎が沈み込んでいると、思いもかけず、なにか似たようなことでもあったのだろう、袖の墓に並ぶようにして新しい墓ができているのに気がついた。眺めていると女がひとりお参りにきた。

世にも悲しげな様子で花を手向《たむ》けて水を注ぐ女へ向けて、

「お可哀想《かわいそう》に、まだお若いのにこんな荒れ野へ墓参りとは」

と正太郎が声をかけると、女は応《こた》え、

「わたくしが毎夕やって参ります頃には、必ずあなたがお参りをすませています。きっと忘れられない方を亡くされたのでしょう。お祭し申し上げます」と、さめざめと泣きはじめた。

「そうなのです。十日ほど前に愛《いと》しい妻を亡くしてから、ひとりこの世に残されてもなく、墓参りだけが気晴らしです。あなたもきっと似たような境遇なのでは」

正太郎が訊《たず》ね、女が応える。

「こうしてお参りしていますのは、わたしのお仕えする奥様の御主人のお墓で、いついつの日に葬ったのです。家に残された奥様はお嘆きのあまり、この頃は重い病気にかかってしまい、代わりにこうしてお参りしては、お香やお花を供えております」

「なるほど、奥様が病みつかれてしまうのも当然だ。故人は一体、どういった方でどちらにお住まいだったのか、お訊ねしてもよろしいだろうか」

「御主人はこの国では由緒ある家柄の者だったのですが、他人に悪い噂を流されて領地を失い、今ではこの荒れ野の片隅にひっそりとお住まいでした。奥様は隣国にまで美人と名高いお方だったのですが、あの方のために家も領地も失ったようなものなのです」

　と女は言う。正太郎はこの話につりこまれ、

「それではその方はこのあたりに寂しくお住まいなのか。同じような境遇の者同士、お見舞いがてらお慰めしたい。場所を教えてもらえませんか」と訊ねる。

「家はあなたがおいでになった道を少し入ったあたりです。便りもこないような家ですから、折よいときにお訪ね下さい。奥様もおひとりではお寂しいのです」

　女はそう言うと先に立って歩きはじめた。

　二町と少しばかりいくと、果たして細い道がある。さらに一町ほど進んでいくと、薄暗い林の中に小さな茅葺《かやぶ》きの家が見えてきた。竹の編戸へ、七日をすぎた上弦の月が明るくさし込んでいるのがもの悲しく、荒れ放題の小さな庭が目についた。窓の障子から漏れる細い灯《あか》りがわびしさを際立たせている。女は「ここでお待ち下さい」と言い置いて中に入った。正太郎は苔《こけ》むした古井戸の傍らに立ち、中の様子をうかがっている。少し開いた襖《ふすま》から、風に揺れる灯りが黒塗りの違い棚に映るのが見えた。

　女が戻り、

「あなた様がいらしたことを申し上げると、『入って頂きなさい。屏風《びょうぶ》越しにでもお話しさせて頂きたい』と、病身をおして部屋の端へ出ていらっしゃいました。どうぞあちらへお回り下さい」と告げると、前庭の植え込みを回って奥の方へと正太郎を導いていく。二間《ふたま》の表座敷に人ひとりが座れるほどの場所をあけてあり、低い屏風が立ててある。古びた布団の端がはみ出して見え、女主人はそこにいるらしい。

「御不幸に続き御病気だとか。わたしも愛しい妻を亡くしたばかりの同じ身の上、悲しみを打ち明けあって軽くできればと厚かましくもお邪魔しました」

正太郎が屏風の向こうへそう声をかけると、女主人が屏風をわずかに引き開けて言う。

「これは意外なところでお目にかかりました。これまでのあなたの仕打ち。その報い、思い知らせて差し上げましょう」

正太郎が驚いて顔を上げると、故郷に捨ててきたはずの磯良である。顔色はひどく青ざめて、目つきも歪《ゆが》んで凄まじく、正太郎をさす指も、青く痩《や》せ細って恐ろしい有様である。

正太郎は「まさか」と一声叫んで、そのまま気を失ってしまった。

しばらくして息を吹き返した正太郎が目を細く開いてみると、家だと思っていたのは以前から荒れ野にあった三昧堂《さんまいどう》で、黒く煤《すす》けた仏像が立っているだけである。里から遠く聞こえる犬の吠《ほ》え声を頼りに、走りに走って家へと帰り着いた。彦六にこれこれのことがあったと話してみたが、

「どうせ狐《きつね》かなにかに化かされたのだ。気が弱っているから、そんなものにつけ込まれる。お前のようなひ弱な者の気持ちが落ち込むときは、神仏に祈って心を落ち着けるに限る。刀田《とだ》の里に有名な陰陽師《おんみょうじ》がいるから、禊《みそぎ》をしてお守りのお札をもらってくるといい」

彦六はそう言うと正太郎を陰陽師のもとへ連れていき、はじめからの経緯を細かに話して、運勢を見てもらった。

陰陽師は占いを立て、思案してから口を開いた。

「災いがすぐそこまで迫っており、それもただごとではない。こやつは先に袖という女の命を奪っているがまだ恨みは晴れておらぬ。そなたの命も旦夕《たんせき》に迫っておる。鬼と化した女の仕業だ。この女が死んだのは七日前だから、四十九日が終わるまで、

今日から四十二日の間、戸締まりをして物忌《ものい》みせよ。この戒めを守りきることができれば、九死に一生を得て助かることもあるかも知れぬ。全うできなければ命はない」と真顔で言う。

筆をとった陰陽師が、正太郎の背中から手足に至るまで、篆書《てんしょ》のような文字を書いていく。それから朱で書いた護符をたくさん渡すと、「この呪符を全ての戸口に貼《は》って神仏を念じるのだ。やり損なえばそれまでだ」と教えたので、正太郎は震え上がりながらも喜んで家に帰ると、朱で書かれた護符を門に貼り、窓に貼り、厳重に物忌みして閉じこもった。

夜になり、真夜中がすぎた。

「ええい憎らしい。こんなところに尊いお札を貼りおったか」

と外に恐ろしい声が起こり、その呟《つぶや》きだけで声は消えた。

あまりの恐ろしさに、その夜は途方もなく長く思えた。ようやく夜が明けたところで、正太郎は急いで彦六の家の側の壁を叩き、昨夜の出来事を打ち明けた。彦六もようやく陰陽師の助言を本気に考え、その夜は自分も寝ずの番をして真夜中がすぎるのを待つことにした。

松に吹きつけていた風が物を倒す勢いとなり、雨も降り出し、尋常な夜の様子ではない。正太郎と彦六が壁越しに声をかけあううちに、真夜中も随分すぎた。正太郎のいる小屋の障子にさっと赤い光がさし込む。

「憎い、憎い、ここにも札が貼ってある」

という声が、この深夜に聞くとなお一層恐ろしく、髪も産毛《うぶげ》も総毛立ち、しばらく生きた心地もしない。

夜が明けると前夜のことを語り合い、暮れれば夜明けを待ち望むという暮らしとなり、続く数十日間は千年よりも長く思われた。鬼の方でも夜ごとに家の周囲を巡ってみたり、屋根に上って叫ぶなどして、怒りの声は夜ごとに激しくなっていく。

そうするうちにようやくなんとか四十二日目の夜がやってきた。ついにあと一夜を残すだけとなり、気合いを入れ直して夜をすごし、やがて明け方の空も白々と明けはじめてきた。正太郎は長い夢から醒《さ》めたような気分になり、ふと、彦六に声をかけた。

彦六は壁越しに「どうした」と応える。

「厳しい物忌みもようやく終わった。ずっと兄貴の顔を見ていない。実際に顔を合わせて、この数十日の苦しさ恐ろしさを全て吐き出してしまいたい。起き出すとしよう。俺も外が見たい」

彦六も迂闊《うかつ》な男だから、「もう大丈夫だな。さあ、こっちへこい」と、戸を半分も開けないうちに、隣から「馬鹿な」と叫ぶ声が耳をつんざき、彦六は思わず尻餅をついた。

これは正太郎の身になにかあったに違いないと、斧《おの》を片手に表に転げ出てみると、明けたとばかり思っていた夜はまだ暗く、ぼんやりとした月が中天にかかり、風は冷たく、さて、正太郎の家の戸は開け放たれて姿は見えない。中に逃げ込んだのかと走っていって探してみたが、隠れる場所があるような家でもなく、道に倒れているのかと探してみても、あたりにはなんの手がかりもない。

一体どうしたことだといぶかりながら、恐る恐る灯りを掲げてあちらこちらと見て回っていくと、開け放たれた戸の横の壁が生々しく血にまみれ、地面にまで伝っているのに気がついた。しかし死体も骨も見あたらない。月明かりによくよく目を凝らしてみると、軒先からなにかがぶら下がっているらしい。灯りを持ち上げて照らしてみると、引きちぎられた男髻《おとこまげ》が揺れており、他にはなにも見あたらない。驚きつつもわけがわからず、その恐ろしさはとても形容できるようなものではなかった。夜も明けて近所の野山を探し求めてみたものの、結局痕跡さえ見つけることはできなかった。

このことを井沢の家にも伝えたところ、井沢では涙ながらに香央の家にも教えて知らせた。それにしても陰陽師の占いの的中したこと、御釜の示した凶兆もまさにそのとおりになったこと、実に畏れるべきことであると語り伝えられているのである。

蛇《じゃ》性《せい》の婬《いん》

いつの時代のことであったか、紀《き》の国の三輪《みわ》が崎《さき》に大宅《おおや》の竹助《たけすけ》という者がいた。

この竹助は、海に愛され大勢の漁師を率いて大小様々の魚を手広く扱い、家も豊かに住み暮らしていた。ふたりの息子と、ひとりの娘に恵まれている。ひとり目、長男は実直な性格で、真面目に家業を手伝っている。ふたり目の長女は大和《やまと》の国の者に見初《みそ》められて嫁《とつ》いでいった。

三人目の次男を豊雄《とよお》という。生まれつきおっとりとした性質で、都《みやこ》の流行ばかりに気をとられ、自活しようという考えがない。父親はこれを気にかけ思案して、「財産を分けてやったところで、使い果たして終わりだろう。かといって他家に婿《むこ》にやったとしてもどうせ上手《うま》くいくはずもなく、こちらが気苦労するだけだ。いっそ好きにさせておき、学者なら学者、坊主なら坊主にさせて、いざとなっても長男が見捨てはしないだろう」と、強《し》いてしつけもしなかった。豊雄の方では、熊野《くまの》の新宮《しんぐう》の神官《しんかん》、安倍弓麿《あべのゆみまろ》を師として学問に通っている。

九月の下旬、その日の海はひときわ静かでさざ波一つ見えなかったが、南東の方角からにわかに雲が湧き立つと、小雨がぱらぱら降り出してきた。師が傘を貸してくれたものの、阿須賀《あすか》神社の祠《ほこら》が見えたあたりで雨脚が強まり、豊雄は近くの漁師小屋で雨宿りすることにした。年老いた主《あるじ》がよろぼい出てきて、「これは大宅の末の若旦那様。むさ苦しいところで恐れ入ります。これでもお敷き下さい」と、円座の埃《ほこり》を払って差し出す。「雨がやむまでだから、構わないでくれ。そう気を遣うな」と言って一休みした。

雨がやむのを待っていると、外から、ふと、

「軒先《のきさき》を貸して下さいませ」

と美しい声とともに誰かが小屋に入ってきた。なにごとかと豊雄が顔を上げると、まだ二十歳にもならない若い女である。端整な顔立ちに流れるような長い髪、目も

あやな遠山摺《とおやまずり》の着物を着こなして、傍らには十四、五歳の小綺麗《こぎれい》にした童女《わらわ》が荷物を持って従っている。びっしょりと濡《ぬ》れ途方に暮れた様子だが、豊雄に気づいて顔を赤らめ恥じらう仕草に気品があった。不意に心がときめく間にも、「このあたりにこんな美しい人が住んでいたなら評判にならないはずがないから、これは都の人が熊野詣《もう》でのついでに、海を見物にきたものだろう。しかし連れの男もいないというのは不用心なことだ」と思案を巡らせ、少し身を引き場所をつくると、「こちらへおいでなさい。雨もそのうちやむでしょう」と言ってやった。

女は、「少しお邪魔いたします」と歩みを進め、狭いところだから自然と向き合う形となった。近くで見ると改めて、この世のものとは思えない美しさである。天に舞い上がるような心地となって女へ話しかけた。

「身分のある方とお見受けしますが、熊野詣でですか、峰《みね》の湯で湯治《とうじ》でしょうか。こんな辺鄙《へんぴ》な浜へ何を見にいらしたのです。この土地は昔の歌に、

くるしくもふりくる雨か三輪が崎佐野《さの》のわたりに家もあらなくに

（困った雨だ、三輪崎のこの佐野あたりには雨宿りする家さえありはしない

のに）

と詠《よ》まれたようなところで、今も昔と変わりません。汚い小屋ですが、主はわたしの親が目をかけている男ですから、安心して雨宿りなさるとよいでしょう。それにしてもどちらにお泊まりですか。お見送りするのもかえって御迷惑でしょうから、この傘をお持ちになって下さい」

「有り難いことで御座います。温かいお心遣いに着物も乾くというものです。都の者などではなく、この近所に数年来暮らしておりますが、今日は日もよさそうだと那智《なち》権現《ごんげん》にお参りしたところ、急に激しい雨に見舞われ、あなた様が先においでとも気づかずに、遠慮なしにおしかけてしまいました。家は遠くありませんから、小降りの間に帰りましょう」

と女。豊雄は立ち上がろうとする女を引き止め、

「この傘を持っておいきなさい。なにかのついでに返して頂ければ結構。雨が弱まる様子もないし、お住まいというのはどのあたりです。こちらから使いを走らせましょう」

と押しつけた。女は傘を受けとると、

「新宮のあたりで、県《あがた》の真女児《まなご》の家とお訊《たず》ね下さい。陽《ひ》も暮れて参りました。では御好意に甘えてお借りします」と言い残して帰っていった。

豊雄はその姿を見送ってから、主に蓑《みの》と笠《かさ》を借りて家へ戻ったものの、女の面影が瞼《まぶた》に焼きつき眠れない。ようやくうとうととした明け方の夢の中で、あの真女児の家を訪ねていくと、門も家も大変立派なこしらえの落ち着いた風情の屋敷である。蔀《しとみ》を下ろして簾《すだれ》が隙なく並んでいる。真女児が出てきて、「御恩が忘れられず、おいでを待ちわびておりました。こちらへどうぞ」と奥へと招き、酒や菓子、果物を並べてもてなし、気持ちよく酔ったそのままについ、一夜をともにしてしまった、というところで夜が明けて夢も醒《さ》め、これが現実だったならと心は乱れ収まらず、朝食も忘れてぼんやりしたまま家を出た。

そのまま新宮までやってきて、「県の真女児の家は」ときいて回るが、いっこうに知っている人に出会わない。昼すぎまでかかって探しあぐねていたところ、例の童女《わらわ》が東の方から歩いてきた。これに気づいた豊雄は大喜びで声をかけ、

「家はどこかな。傘を返してもらおうと訪ねてきたのだが」

童女《わらわ》は微笑《ほほえ》み、「ようこそおいで下さいました。こちらへおいで下さい」と先に立って歩き出す。いくらもいかないうちにもう、「ここです」と言う。見ると、門が高く聳《そび》えた大きな屋敷である。蔀を下ろし簾を連ねているところまで、夢で見たのと寸分違うところがないのを不思議なことだと思いながら門をくぐった。童女《わらわ》が家に駆け込んで、「傘を貸して下さった方とお会いしたのでお連れしました」と告げると、「どちらにいらっしゃるのです。こちらへお迎えしなさい」と言いながら真女児が出てきた。

豊雄が、

「このあたりに住んでいる安倍という方は、わたしが長年教えを受けている先生なのです。ついでに傘でも頂いて帰ろうかとぶしつけながらやってきた次第。お住まいはわかりましたから、また改めて出直してきます」と言うのを真女児は強く引き止めて、

「まろや、決してお帰ししてはなりません」と、童女《わらわ》に言いつけ、まろやと呼ばれた童女《わらわ》の方でも豊雄の前に立ちふさがって、「傘を無理矢理押しつけたではありませんか。そのお返しに是が非でもおもてなしさせて頂きます」と、豊雄の腰を押し

て表座敷に引き込んだ。

板敷きの間に畳を敷いて、布を仕切り代わりに下ろし、机や棚といった調度はみな古色を帯びて由緒ありげで、ただ者の家とは思えない。真女児が出てきて、

「事情があって主人のいない家になっておりますので、十分なおもてなしもできません。ほんの粗酒などお口汚しに」と、清らかな椀《わん》や皿に山海の肴《さかな》を盛り並べ、横では瓶子《へいじ》と盃《さかずき》をとり上げたまろやかが酌をする。

豊雄はまた夢の中に戻ったような心地になり、夢ならば今にも醒めるに違いないと思うのだが、どうやら現実らしいことが不思議でならない。客も主も酔い心地となった頃、真女児が盃をとり上げ、豊雄に対面して座り直した。美しい顔は、水面に映る桜の花のようであり、春風が渡るような笑みをたたえて、梢《こずえ》で遊ぶ鶯《うぐいす》のように艶《つや》を帯びた声が言う。

「このまま恥ずかしがって想《おも》いを告げず、思いつめて病気になってしまったら、『伊勢《いせ》物語』にある歌のように、神の仕業と思われて、その神様に無実の罪を負わせることになりましょう。ふざけて言うのではありませんから、どうか真面目にお聞き下さい。

わたくしは元は都の生まれなのですが、父母とは早く死に別れ、乳母《うば》に育てられました。この国の受領《ずりょう》の下役、県《あがた》なにがしの妻に迎えられ、ここへ一緒にやってきてもう三年になります。夫は任期途中のこの春にふとした病で亡くなってしまい、頼る者とていない独り身です。都の乳母も尼になってしまい、修行に出たまま行方《ゆくえ》も知れず、今や都も縁のない土地となってしまいました。どうかこの心細さをお憐《あわ》れみ下さい。昨日の雨宿りでのお振る舞いから、誠意のある方とお見受けしました。この先の生涯、お側にお仕えできればと思うのですが、お嫌でなければ、千年の夫婦の契《ちぎ》りの盃を交わしては頂けませんか」

豊雄の方はもともとそうなることを思い描いて気も狂わんばかりの相手であるからこの突然の申し出に跳び上がるほど感激したが、未《いま》だ人に養われる身であることが頭に浮かんだ。親兄弟の許しもなしになにかをしでかすことを考えると、嬉《うれ》しい反面、恐ろしくもあり、咄嗟《とっさ》に応《こた》えることができないでいる。

そんな豊雄に真女児は顔を曇らせて、

「女の浅はかさから愚かなことを申し上げ、とり消しようもなく、お恥ずかしい限り。このようにあてもない身で世間に交じり、人様に御迷惑ばかりおかけするのも罪深いこと、今の言葉は本心ですが、ただ酔いの場の戯《ざ》れごとと、この海に流しておしまい下さい」

と言う。豊雄は応えて、

「最初から都の身分ある方なのではと思っていました。鯨《くじら》の遊ぶような辺鄙な浜で育ったわたしが、こんな素晴らしい申し出を受ける日がまたくるとは思えません。すぐに返事をしなかったのは、未だ親兄弟に養われる身で、自分の持ち物といってはこの身が一つ、爪と髪があるだけだからです。なにを結納にするということもできず、甲斐性《かいしょう》のなさが情けない。それでも構わず耐えて下さるというのでしたら、もちろん喜んで夫婦となりましょう。孔子《こうし》様でも恋は誤ると言いますから、孝行も身も喜んで踏み外しましょう」

「嬉しいお返事を頂きましたからには、貧しい家ですがときどきは夫としてここへ通ってきて下さい。これは前夫がなによりも大切にしていたもの。これをいつも身につけていて下さいませ」

と差し出された物を見ると、金銀の装飾を施された古い太刀《たち》であり、妖《あや》しいほどに鍛《きた》え上げられている。最初から遠慮するのも縁起が悪いと豊雄は素直に受けとった。

「今夜は泊まっていって下さい」と無理に引き止めようとする女を、「許しもなく外泊しては親に叱《しか》られます。上手く言いつくろって明日の夜にまた抜け出してきますから」となだめて家に帰った。その夜も寝られぬままに明けていく。

漁師たちを監督するので、長男の朝は早い。ふと豊雄の寝床に目をやると、わずかな戸の隙間から、寝転ぶ豊雄の枕元に置かれた太刀が、消え残りの灯火にきらめいているのが見えた。

「妙だ。どこから持ってきた」と胸騒ぎがし、戸を荒々しく開ける音に豊雄が顔を上げた。そこに長男がいるのを見て「なにか用ですか」と問う。

「その枕元のきらきらしたものはなんだ。漁師の家の持ち物ではない。親父が見たら叱りとばされるぞ」

「金で買ったわけではない。昨日、人からもらったものを置いておいただけだ」

「このあたりにそんなものをくれるような奴《やつ》はおらん。小賢《こざか》しい漢字だらけの本を買い集めるのも金の無駄だと思っていたが、親父が黙っているから今まで我慢していた。その太刀をさして、新宮の大祭でも練り歩くつもりでいるのだろうが、気でも違ったか」

この大声を聞きつけて父親が、「無駄飯喰《く》らいがなにかやらかしたのか、こっちへ連れてこい」と呼びつけた。長男は、「どこで手に入れたのか、武将の持ち物のような派手な代物《しろもの》を買いこみやがった。親父も見てみて、どういうことか吐かせてくれ。俺はいかねば漁師どもが怠ける」と言い捨てて出ていった。

母親が豊雄を呼んで、

「そんなものをなんのために買ってきた。この家の米も銭も兄のもの、お前のものなどなにもない。今までは好きにさせてきたけれど、兄が許さないと決めたら、天地の間にお前の居場所などない。学問までして、そんなこともわからんか」

「本当に、買ったものではないのです。ちゃんとした理由があってある人がくれたものを、兄貴が見つけてこんな騒ぎになったのです」

父親は、「一体なにをどうして誰がそんな宝物をくれたのか、ますますわけがわからん。この場できちんと説明しろ」と罵る。

「面と向かってお話しするのもあれな話で、人づてにお伝えします」と応える豊雄

に父親は声を荒らげて、

「親兄弟に言えないことを誰に相談するというのだ」

ここで、傍らで話を聞いていた兄嫁が、「ふつつかながらわたしが話を伺《うかが》いましょう。こちらへどうぞ」と間に入ったので、豊雄も兄嫁のあとに続いて部屋を移した。

豊雄は兄嫁に向けて話しはじめた。

「兄に気づかれなくても、義姉《ねえ》さんにこっそり相談しようと思っていたのに、先に叱られてしまった。実はこれこれこういう素性の人の妻で、細々と暮らしている方がいるのですが、『夫になるつもりはないか』と言って、これをくれたのです。養われる身で親の許可なくそんなことを約束しては勘当沙汰《ざた》ですから、うかつだったとやっぱり後悔しています。義姉さん、なんとか助けて下さい」

兄嫁は笑って、

「若い男が独り身でいるのを気にしていたけれど、よい話ではないですか。わたしでよければなんとか話を通してみましょう」と、夜を待って長男へ、「これこれということですから、よい話ではありませんか、お父様にも上手くお話しして下さい」と伝えた。

　長男は眉をひそめて、

「妙な話だ。この国の国司の下役に、県《あがた》誰それという名を聞いたことはない。うちは庄屋《しょうや》だからそういう者が死ねば耳に入らぬはずがない。まずその太刀をここへ持ってこい」と言う。兄嫁が持ってきた太刀をよくよく調べあげてから、長い溜息《ためいき》をついて語りはじめた。

「恐ろしいことになった。最近、都の大臣が、以前かけた願いがかなった返礼として、熊野権現にたくさんの宝物を奉納した。しかしそれが宝物庫から消えてしまったと、大宮司《だいぐうじ》から国司へ訴えがあったのだ。国司はその犯人を探し出して捕まえようと、次官の文室広之《ふんやのひろゆき》を大宮司の館へ送り込み、今もこの件を調べていると聞いている。この太刀はどう見ても下役の持ち物などではない。親父にも見てもらおう」と太刀を持っていき、「こういうとんでもないことになりそうなのだがどうする」と相談した。

　父親は真っ青になり、「なんという厄介事をしでかしたのだ。日頃は鼻毛も抜かないような奴なのに、どうしてまたそんなことをやらかすつもりになったのか。先に誰かに気づかれたりすれば、この家は断絶だ。祖先と子孫のことを考えれば、不孝者ひとり惜しくはない。明日こちらから訴え出るぞ」ということになった。

長男は夜が明けるのを待って大宮司の館へ出かけ、しかじかの事情を申し出て、この太刀を恐れながらと差し出した。大宮司は、「これは大臣殿が奉納されたものに間違いない」と驚き、横でこれを聞いていた次官は、「他の盗品についても確かめねばならん。その男を捕らえよ」と命じた。長男に案内させて十人ほどの武士が家へと向かった。

豊雄の方ではそんなこととはつゆ知らず、いつものように本など読んでいたところへ、武士たちがのしかかるようにして捕まえた。「一体なんの疑いですか」とあわてるのも無視して縛り上げた。こうなっては両親や兄夫婦も「ああ、情けない」と嘆き戸惑うばかりである。「お上の命により引っ捕らえる。とっとと歩け」と周りを囲んで引っ立てた。

次官が豊雄を睨《にら》みつけて言う。

「お前が神社の宝物を盗み出したのは前例のない大罪である。他の宝物はどこへ隠した。白状しろ」

ようやく事情を呑《の》み込んだ豊雄は涙を流して、

「わたしはなにも盗んでおりません。これこれの事情で県の誰それの奥様が、亡くなった夫の持ち物だといってくれたのです。今すぐあの女を呼んで頂ければ、わたしの無実がわかります」

次官はますます怒り出し、

「自分の下役にこれまで県の姓を名乗る者がいたことはない。嘘《うそ》を重ねても罪が重くなるばかりだぞ」

「こうして捕まってまで嘘は言いません。とにかく、あの女を呼んでお訊ね下さい」

次官は武士たちに、「県の真女児の家はどこだ。有無を言わさず連れてこい」と命じる。

武士たちが、豊雄を引っ立てて案内させると、荘重な趣をそなえた門や柱は朽ち果てており、軒の瓦も大半は砕け落ちてしまって、屋根からは雑草が垂れ下がっているという有様であり、とても人が住んでいるようには見えない。これを見た豊雄はただもう呆然《ぼうぜん》とするばかりである。その間に武士たちがあたりを走り回って近所の者を集めてきた。樵夫《きこり》の老人、米つきの男などが驚きあわてて地に伏せている。

武士たちが、

「この家には誰が住んでいたのか、県の誰それの妻というのがここにいるというのは本当か」

と問うと、老いた鍛冶屋《かじや》が這《は》い出してきて、

「そのような名前は聞いたこともありません。この家には三年ほど前まで、村主《すぐり》の誰それという者が賑《にぎ》やかに暮らしていたのですが、荷を積んで筑紫《つくし》へ向かった船が行方不明になってからというもの、家に残っていた者も散り散りとなり、それ以来、住む者はいなかったのです。それが一昨日、その男がやってきて、しばらくしてから帰っていったので、妙なことだと、この漆師《ぬし》の年寄りと話しておりました」と言う。

「とにかく、よく調べてみてから殿へ報告する」と門を開いて中に入ることになった。

家の中は外よりも荒れた様子である。さらに奥へと進んでいくと、広くつくった

前庭が現れたものの、池の水は涸《か》れ、水草も枯れてしまっており、四方八方伸び放題の雑草の中へ、大きな松の木が吹き倒されているのが不気味である。客座敷の格子戸《こうしど》を開くと、なまぐさい風がさっと吹き出し、武士たちは怖じ気《おけ》づいて後ろに下がった。豊雄は声も出せずにただ怯《おび》えるばかりである。

武士の中に巨勢熊檮《こせのくまがし》という肝《きも》の据わった男があって、「みな、俺のあとについてこい」と板敷きを荒々しく踏んで進んでいった。塵《ちり》が一寸ほどの厚みに積もり、鼠《ねずみ》の糞《ふん》が散らばる中に、古い帳《とばり》が立ててあり、そこへなんと女がひとり、艶やかな花のように座っている。

熊檮が女へ向けて「国司のお呼びである。一緒に来てもらおう」と命じるのだが、返事をする気配もない。捕まえようと足を踏み出したそのとき、突如、地を引き裂くような雷が響き渡って、多くの者が逃げる間もなくそこへ倒れた。

さて、気をとり直して見回すと、女はどこへ消えたか姿も見えない。床《とこ》の上にきらきらと光るものが散らばっており、人々が恐る恐る近づいてみると、高麗《こま》の錦、呉《くれ》の綾織物《あやおりもの》、倭文織《しずおり》、固織《かたおり》の布といった織物、楯《たて》に槍《ほこ》に靫《ゆき》に鍬《くわ》といった武具の類《たぐ》いで、みな盗まれたという宝物に間違いなかった。

武士たちはこれを集めて持ち帰り、この奇怪な出来事を仔細《しさい》に報告した。次官も大宮司も、これは妖怪の仕業であると納得し、豊雄の罪を軽くはしたが、それでも罪は罪である。豊雄の身柄を国司の館に移し、牢《ろう》に入れることに決まった。大宅の親子は多くの金品を贈ってとりなしを願ったので、百日ほどで許されることがかなった。

豊雄は、「これでは恥ずかしくて外を歩くこともできない。大和の国にいる姉のところへいって、しばらくあそこで暮らそうと思う」と言い、家の者たちも、「こういう大変な目に遭ったあとは、ひどい病気になったりするものだ。ゆっくり休むといいだろう」と、供をつけて送り出した。

姉の嫁ぎ先は石榴市《つばいち》というところにあり、その夫は田辺《たなべ》の金忠《かねただ》という商人である。姉夫婦は豊雄がやってきたのを喜び、この数カ月の出来事を気の毒がって、「ずっとここにいるとよい」とあれこれ面倒をみてくれた。そうするうちに年も替わって二月である。

この石榴市は長谷寺《はせでら》に近く、仏といえば長谷寺の観音が一等霊験あらたかであると唐土《もろこし》まで知れ渡っているということで、都からも諸国からも人が押し寄せるのだが、春は特に人が多いのである。参拝客は必ず石榴市に宿をとるので、宿屋が軒を連ねて旅人の相手をしている。

田辺の家は灯明や灯心の類いを商っており、その日も足の踏み場もないほど混み合っていた。客の中に、都人のお忍びらしく、童女《わらわ》をひとり連れた大変に美しい女があって、香を探す様子である。童女《わらわ》の方が豊雄を見つけ、「御主人がこんなところにいらっしゃいます」と言い出したのに驚いてそちらを見ると、あの真女児とまろやに間違いない。泡を食って家の中に隠れた豊雄に、どうしたのかと金忠夫婦がきいてくる。

「例の鬼がここまで追いかけてきました。近づいてはいけない」と豊雄はしきりに隠れようとするのだが、夫婦の方は「どこにいるのか」と騒ぎはじめた。

真女児がそこへ進み出てきて、

「みな様、悪さは致しません。旦那様もどうか怖がらないで下さいませ。わたくしのせいであなた様が罪に問われたことが悲しく、居所を訊ね、こうなったわけをお話しして誤解を解いて頂こうと、お住まいを探し求めていたのです。ようやくこうしてお目にかかることができ、これほど嬉しいことは御座いません。

旦那様、よくお聞き下さい。わたくしがもし妖怪ならば、このように人目の多いところへ出てきて、こうも長閑《のどか》な昼すぎにのうのうとはしていられません。この着物にはちゃんと縫い目もありますし、陽《ひ》に当たれば影もできます。物の道理をお考えになり、馬鹿げたことを信じないで下さいませ」

豊雄は少し気持ちを落ち着け、

「お前は真正の人間ではない。武士に捕らわれ、お前の家にいってみると、前日までの形跡もなく、見る影もなく荒れ果てていた。お前はそんな鬼の住処《すみか》のような場所にひとりでいたではないか。その上、みながお前を捕らえようとすると晴天に突然雷が鳴り響いた。その間に跡形もなく姿を消した一部始終を目の当《ま》たりに見たのだから疑いない。まだ追いかけてきてどうしようというのか。とっとと失《う》せろ」

真女児は涙を流してみせる。

「確かにそう思われるのももっともですが、お願いですからわたくしの話も聞いて下さい。

あなたが役所に連れ去られたと聞いて、以前から目をかけていた隣の老人と相談し、急いで荒れ果てた廃屋のようにみせかけたのです。みなさんがわたくしを捕まえようとしたときの雷は、まろやが勝手に気を回したもの。

そのあとは船に乗って難波《なにわ》の方へ逃げましたが、あなたの消息を是非とも知りたく、この長谷寺の観音様に願掛けをしたのです。思い人が出会うと古歌にある二本杉のようにこうして流れ流れてまた再会できましたのも、ひとえに観音の大慈大悲の御徳のおかげというものでしょう。

あんなに多くの宝を女手で盗み出すことなどできるわけがありません。前夫の悪事だったのです。よくよく御思案になり、旦那様を思うわたくしの気持ちをどうか少しでも汲《く》みとって下さいませ」とさめざめと泣いてみせた。

豊雄は疑いを解いたわけではなかったが、憐れみの情も湧いてきて、重ねて責める言葉につまった。金忠夫婦には真女児の言うことがもっともらしく聞こえ、その女らしい振る舞いに疑いも挟まず入れ込んで、「豊雄の話ではなんと恐ろしい出来事だと思っていたが、考えてみれば今の時代にそんなことがあるわけもない。はるばる探しあててやってきてくれた気持ちに報いるためにも、豊雄が駄目だと言ってても、わたしたちがお泊めしましょう」と部屋の一つに迎え入れてしまった。

そうして一日二日とすごすうちに、真女児は金忠夫婦に気に入られ、豊雄へとりなしてくれるように泣き落として頼み込んだ。その思いつめた様子に心が動き、姉夫婦は豊雄を説得してついに正式に夫婦とさせた。豊雄も日が経《た》つうちに打ち解けていき、もともとその美貌に惹《ひ》かれていたわけだから、行く末を誓い合ってしまえば、古歌に詠まれているように、葛城《かずらき》や高間《たかま》の山に夜ごとに立つ雲が雨を降らし、その雨は長谷寺の早朝の鐘ではじめてやむといった具合に、夫婦の情愛も細やかに交わされ、互いに巡りあいが遅かったことを恨むほどとなった。

そうするうちに三月となった。金忠が豊雄夫婦を誘って、

「都のあたりにはとても及ばないとはいえ、このあたりでもさすがに紀州路《きしゅうじ》よりは見所がある。桜で名高い吉野《よしの》の春はいいものだ。三船山《みふねやま》や菜摘川《なつみがわ》も名所だが、この季節は特にいい。どうだ、一緒に出かけないか」

と言い出した。真女児は微笑み、

「吉野といえば、『万葉集《まんようしゅう》』に『よき人のよしとよく見てよしと言ひし吉野よく見よよき人よく見つ』とも詠《うた》われ、都人も是非一度は見ておきたいと願う名所。です

がわたくしは幼い頃から人の多いところや、長い道のりをいくと、必ずのぼせてしまう病があります。御一緒できずに残念です。お土産《みやげ》をお願いしますね」

「それは歩きだから疲れるのだ。牛車《ぎっしゃ》こそないが、どうにでもして歩かなくてすむようにする。留守番では豊雄も落ち着かないだろう」

と夫婦で誘い続け、豊雄の方でも、

「こうまで言われると、途中で倒れようがいかないわけにはいかないな」と言い出したので、真女児も不承不承、出かけることになった。着飾って歩いている人々の中にも、真女児の美しさと比べられるような者は見当たらない。

吉野のなにがしの寺とはかねてから親しいやりとりがあり、そこを訪ねた。主の僧が出迎えて、「この春は遅いおいででしたな。花も半ばをすぎてしまって、鶯の声も乱れ気味ですが、まだよいところへ御案内しましょう」と言って、精進の夕食を用意してくれた。

次の朝、すっかり霞《かす》んでいた空が夜明けとともに晴れ渡っていくのを眺めていると、この寺は高いところにあるらしく、あちこちの僧坊を見下ろすことができた。山に棲《す》む鳥たちがあちらこちらとさえずり合い、草木の花が様々に咲き混じっている様子は、同じ山里にしても、目も醒めるような光景である。

「はじめていらっしゃった方なら滝のあたりへいくのが見所も多いでしょう」と、そちらの方へ案内してくれる人を頼んで出かけた。谷を巡り下っていく道行きである。昔、吉野離宮のあったあたりに着くと、滝が岩角にしぶきを上げており、小さな鮎《あゆ》が流れに逆らい何匹も上る姿などが目にも楽しく、面白い。弁当を気ままに広げて野宴となった。

丁度その場へ、岩根づたいに現れた人影がある。麻糸を束ねたような乱れ髪だが、手足のひどく達者な老人であり、滝の下へと歩いてくる。こちらを不思議そうに眺めているのを、真女児とまろやの方では背を向けて見ないふりをしていた。

老人はふたりをじっと見つめて、

「面妖な。この邪神ども、なぜ人間をたぶらかす。わしの目を誤魔化せると思うな」と呟《つぶや》くと、ふたりはいきなり躍り上がって滝に跳び込んだ。途端に水が空へと吹き上がってあたりは何も見えなくなり、墨を流したように雲が出てきて、土砂降りとなった。

老人はあわてふためく一行を案内して人里まで連れて帰った。生きた心地もしないまま、みすぼらしい家の軒先で身を寄せ合っていると、老人が豊雄に向かってこう言い出した。

「よくよく面相を見れば、あの邪神に苦しめられている様子。わしが手を出さなかったら、命を落としていたことだろう。これから先は気をつけるとよい」

豊雄は地面にひざまずいて、これまでの経緯を一から語り、「これから先もお助け下さい」と敬って頼み込んだ。

「なるほどそういう事情か。この邪神は年を経た大蛇である。その性質は放縦で、牛とつるんでは麟《りん》を産み、馬とつるんでは竜馬《りょうめ》を産むという。そなたをたぶらかしたのも、そなたの容姿に目をつけたからだろう。そうまでつきまとわれている以上、よくよく用心しなければ、結局命を落とすことになる」と老人は言った。

みなは驚き恐れ、この老人を尊んで「生き神様だ」と拝んだ。老人は微笑み、「わしは神ではない。大和《おおやまと》神社に仕える当麻酒人《たぎまのきびと》という名の年寄り。帰り道を見て進ぜよう。参られよ」と先に立って歩き出し、一行は無事に帰ることができた。

次の日には大和の里に出向いて、老人に昨日の出来事の礼を言い、美濃絹《みのぎぬ》を三疋《むら》、筑紫綿《つくしわた》二包みを贈って、「どうかあの妖怪を祓《はら》って下さい」とかしこまって頼み込

んだ。老人は贈り物を受けとると神官たちに分け与えてしまい、手元にはなにも残そうとしない。豊雄に向かって、

「あれはそなたの容姿に惹かれてまとわりついているのだ。そなたの方でもあれの姿形に惑わされて男らしさを見失っておる。これから雄々しさをとり戻して心を鎮《しず》めておけば、あの邪神どもを追い払うのにわしの助けなどは要らなくなる。つとめて心を鎮めることだ」と親身に教えた。

豊雄は夢から醒めたような気持ちになって、丁重に礼を繰り返すと家に帰った。金忠に向かい、

「これまでの間、あれに惑わされてきたのは、わたしの性根が曲がっていたからです。親兄弟に孝行もせず、この家で厄介になり続けるわけにはいきません。色々とお世話になりましたが、また改めてやって参ります」と告げ、紀伊《きい》の国に帰っていった。

両親と長男夫婦は、この恐ろしい話を聞かされ、これまでのことが豊雄の落ち度ではなかったことを不憫《ふびん》がり、そうして妖怪の執念深さに震え上がった。知恵を集

めて相談し、「いつまでも独りにしておいたせいで、妖怪などに見込まれたのだ。妻を迎えてやればなんとかなるかも知れない」ということになった。

芝《しば》の里に芝《しば》の庄司《しょうじ》という者があり、ひとり娘を朝廷に女官として差し上げていた。その娘が丁度暇をもらうことになり、ついてはこの豊雄を婿にしたいと仲人を通じて申し入れてきた。頃合いもよく話は上手く進んで婚約をとり結ぶことになった。

そこで都へ迎えの者を送ると、この富子《とみこ》という女官の方でも喜んで故郷へ帰ってきた。何年も宮中に仕えていたから、様々な行儀振る舞いから、姿形までも華やかである。婿となった豊雄が見ても、富子の容姿に欠けたところは見当たらなかったが、自分に思いを寄せたあの蛇をどことなく思い出させないでもなかった。

最初の夜はなにも起こらなかったので書かない。

二日目の夜、気持ちよく酔った豊雄が、「長年、宮中にいたあなたには、田舎の者は色々と退屈でしょう。あちらでは、なんの中将とか宰相《さいしょう》といった方と夜をすごしたこともあるはず。今さらとはいえ、悔しいものです」などと戯れていると、富子がさっと顔を上げた。

「古い仲をお忘れになり、このようななんの取り柄もない女に目をかけようとは、あなたよりもこの女が憎い」と言い出したのは、姿形は違っていてもまさに真女児の声である。その声だけでぞっとなり、身の毛もよだち恐ろしく、ただ呆然として狼狽《うろた》えるのを、女の方ではにっこりとして、

「旦那様、どうか怪しまないで下さいませ。海に誓い、山にかけた誓いを忘れてしまったとしても、こうなる縁があればこそ、またこうしてお会いできたのです。それを他人の言葉を真に受けて、わたくしを避けようとするのでしたら、その薄情に報いずにはおきません。紀州の山がどれほど険しかろうと、峰から谷まで旦那様の血で染め上げて御覧に入れましょう。せっかくのお命、無駄になさいますな」と言い出した。

豊雄の方ではただひたすらに震えるだけで、今にもとり殺されるのかと気を失いそうである。さらに屛風《びょうぶ》の後ろから、

「旦那様、どうしてそんなに聞き分けがないのです。めでたい御縁ではありませんか」と出てきたのは、まろやである。これを見て豊雄はついに肝をつぶし、気を失ってうつ伏せに倒れた。ふたりはなだめたり、脅したり、代わる代わる話しかけたりしてみたものの、豊雄は死んだようになったままで夜が明けた。

朝がきてなんとか寝間から逃げ出した豊雄は庄司にすがり、「これこれの恐ろしいことがあった。どうにもできない。なんとか助けて下さい」と言うのだが、後ろで誰かが聞いているかのように小声である。庄司もその妻も顔を青くして嘆き戸惑い、

「これはどうしたものか。幸い、都の鞍馬寺《くらまでら》の僧で、毎年熊野にお参りされている方が向かいの山の寺にお泊まりになっている。大変有り難い法師《ほうし》で、流行病《はやりやまい》から妖怪、蝗《いなむし》までなんとかしてくれるから、この里の者も尊敬している。この法師をお呼びしよう」ということになった。あわただしく迎えを出すと、しばらくしてからやってきた。これこれであると事情を話すと、この法師は自慢げに、「そのような妖怪を捕らえるのは容易《たやす》いこと。安心なさい」と請け合ったので、みなようやくほっとした。

法師はまず、雄黄《ゆうおう》を求めて水薬を調合し、小瓶《こがめ》につめて寝間に向かった。人々が怖がって隠れているのを、法師は笑って、「お年寄りも若い方もそこにおられるがよい。その大蛇をわたしが捕らえて御覧に入れよう」と進んでいく。寝間の戸を開けるや否や、あの蛇が頭を突き出し、法師を迎えた。

この頭というのが凄《すさ》まじい。戸口を塞ぐような大きさであり、積もる雪より真白く輝き、目は鏡のようである。角《つの》が枯れ木のように突き出して、三尺ほどもある口からは真っ赤な舌が突き出て、こちらを一呑《ひとの》みにする勢いである。

法師は、

「なんと」

と一声叫んで手にした小瓶をとり落としたまま、腰を抜かして倒れ込み、這々《ほうほう》の体《てい》で逃げ出してきた。人々に向かい、

「なんと恐ろしいことだ。あれは祟《たた》りをなす邪神。とてもわたしの手に負えるようなものではない。這いずって逃げてこなければ、命はなかっただろう」

と言いながら気を失った。人々が助け起こすが、顔も肌も赤黒く染まり、たき火に手をかざすように熱い。毒気にあたったものらしく、それからあとも目だけがものの言いたげに動いていたが、声にならない。水をかけたりしてみたものの、そうするうちに死んでしまった。これを見ていた人々はいよいよ魂消《たまげ》て、泣き惑うばかりである。

こうなってようやく豊雄は覚悟を決めて、

「高徳の僧の祈りも通じない。こうも執念深くつきまとうからには、天地の間にある限り、見つけ出されてしまうでしょう。わたしひとりの命のために、他の方まで苦しめるのは本意ではない。もう他人の手は借りません。任せて下さい」

と寝間に歩き出したので、庄司の家の人々は「気でも違ったか」と引き止めたが、聞く様子もなく歩き続けた。戸を静かに開けると、騒々しい気配は消えて、ふたりが並んで座っていた。富子が豊雄に語りかけ、

「あなたはなにが気にくわず、わたくしを捕らえようと人を寄越したりするのです。これから先もこんなことが続くようなら、あなただけではすまなくなります。この村の人々を痛めつけてもよいのです。ひたすらわたくしの気持ちを喜び受け入れ、他に目など向けなさいますな」と、媚態《びたい》をつくっているのがけがらわしい。

豊雄が応えて、

「世のことわざにも言う。『人は必ずしも虎を傷つけるつもりはないが、虎は人を傷つけるのが本性である』と。お前は魔性の心根でもってわたしにつきまとい、何度も非道の目に遭わせた上に、たとえ言葉の上のこととしても、恐ろしい脅しを持ち出すのは所詮魔性の仕業である。しかしわたしを思う心は世の人間と変わらない

以上、その気持ちは受け入れる。しかし、ここにいたまま人々を怯えさせるのも気の毒だ。まずその富子の命を助けよ。それからわたしをどこへなりと連れていくがよい」と言うと、真女児は嬉しそうに頷《うなず》いている。

豊雄は再び部屋を出て庄司に言った。

「こうまで厭《いと》わしいものにまとわりつかれては、ここにとどまり人々を苦しめるのも心苦しい。今わたしを離縁してもらえば、妻の命は助かるでしょう」

庄司は承知しようとしない。

「わたしも武芸の心得のある家の者、こうも不甲斐《ふがい》なくては大宅の家にも顔向けできない。なにか手があるはず。小松原《こまつばら》の道成寺《どうじょうじ》に法海和尚《ほうかいおしょう》という有り難い僧がおられる。今は歳《とし》をとって外に出ることもないと聞いているが、わたしのためというこならば、どうにか出向いて下さるはず」と、馬で急いで出発した。道は遠く、夜半にようやく寺へと着いた。

老和尚は寝室から這い出るように姿を現し、この話に耳を傾けていたが、

「それは大変なことだ。今は年老いてしまったから祈りが効くかはわからないが、あなたの家の災難を黙って見すごすわけにも参りません。まずは先にお帰りなさい。

わたしもあとから参りましょう」と、芥子《けし》の香が染み込んだ袈裟《けさ》をとり出し庄司に与えた。

「その蛇をなだめすかして近くに寄り、これを頭に被《かぶ》せて力任せにねじ伏せるのじゃ。加減をすれば逃げられますぞ。よくよく覚悟を決めておやりなさい」と仔細に指示した。庄司は喜び、馬を飛ばして家に帰った。

豊雄をひそかに呼び寄せ、「上手くやれ」と袈裟を渡す。豊雄はこれを懐に隠して寝間へと戻り、「義父がようやく離縁を認めてくれた。さあこい、いくとしよう」と言ってやった。嬉しそうにしているところへこの袈裟をとり出しすばやく被せ、渾身《こんしん》の力で押し伏せた。

「苦しい。あなたはどうしてこんなにも情がないのか。少しでいいから緩めて下さい」と言うのを無視して力任せに締め上げ続ける。

そうこうするうち、法海和尚をのせた輿《こし》が家に着いた。庄司の家の人々に支えられてこの部屋に入ると、口の中でぶつぶつとなにかを念じながら、豊雄を下がらせた。袈裟をとりのけてみると、うつ伏せで気を失っている富子の背の上で、三尺ほどの白い蛇が身動きもできずにとぐろを巻いていた。老和尚はなんなくこれを捕まえ、弟子が捧《ささ》げ持っていた鉄の鉢の中へと入れた。さらに念じ続けると、屛風の後ろから一尺ほどの小蛇が這い出てきたのでこれも捕まえ鉢に入れ、袈裟で包んで封じてしまい、そのまま輿に乗り込んだので、人々は手を合わせて涙を流して有り難がった。

法海和尚は寺に戻ると、堂の前へと深く穴を掘らせ、鉢をそのまま埋めてしまい、未来永劫《えいごう》世に出てこられないようにした。今もまだその蛇塚は残るという。富子の方はその後病気で亡くなってしまったのだが、豊雄は寿命を全うしたと伝えられている。

青《あお》頭《ず》巾《きん》

昔、快庵禅師《かいあんぜんじ》という徳の高い聖《ひじり》がいらっしゃった。

幼い頃に禅の道を極められ、日々、行方《ゆくえ》も定めぬ旅に身を任せておられる。

ある年の夏を美濃《みの》の国の竜泰寺《りょうたいじ》ですごし、この秋は奥羽《おうう》の方へ暮らしてみようと旅に出かけることにした。歩き歩いていくうちに、いつしか下野《しもつけ》の国へ差しかかった。

陽《ひ》が暮れたのは富田《とみた》という里である。裕福そうな大きな家へ一夜の宿を乞おうと案内を求めて待っていると、丁度畑仕事からもどってきた下男たちが、黄昏空《たそがれぞら》を背に立つ快庵禅師を見つけて騒ぎはじめた。

「山の鬼が出た。みな隠れろ」

と叫ぶのである。家の中も大騒ぎとなり、女子供が泣き叫ぶ声が響き、こけつまろびつしながら物陰へと身を隠す気配が起こった。天秤棒《てんびんぼう》を片手に走り出てきた家の主《あるじ》があたりを見回してみるとこれが、頭に紺染《こんぞめ》の頭巾《ずきん》をのせた、年の頃なら五十になろうかという老僧だった。墨染《すみぞめ》の破《や》れ衣《ごろも》をまとい、包みを一つ背負ったきりの姿である。

老僧は杖《つえ》で主を差し招いて訊《たず》ねた。

「ご主人、これは一体何事ですか。諸国遍歴の旅の途中に一夜の宿を求めてとり次ぎの方を待っていただけでこの有様。こんな痩《や》せ法師《ほうし》が強盗などできるわけもなし、そうお騒ぎになられるな」

主は天秤棒を離すと、手を打って笑いはじめた。

「あいつらに人を見る目がないせいで、お坊様を驚かせてしまいましたな。お詫《わ》びといってはなんですが、我が家に一晩お泊まり下さい」と礼を尽くして奥の間へと迎え入れると、気持ちよく食事を勧めてもてなした。

主が語るにはこうである。

「あなた様を見た下男たちが、鬼が出たと騒いだのにはきちんと理由がありまして、なかなかありそうもない話なのです。信じられないかも知れませんが、このまま埋もれさせてしまうには惜しい。

この里の上の山には寺が一つあります。もとは小山《おやま》氏の菩提寺《ぼだいじ》で、代々徳の高いお坊様がお住まいでした。今の阿闍梨《あじゃり》はなになにという方の甥御《おいご》にあたり、特に厳しい修行を積まれて学識を深められたと評判で、土地の者は香や蠟燭《ろうそく》を捧《ささ》げてお仕えしていたのですな。この家にもよくお越しになり、親しくおつきあいさせて頂きました。

それが、去年の春のことです。阿闍梨は越後《えちご》の国へと灌頂《かんじょう》の儀式をとりしきる戒《かい》師《し》としてお出かけになり、百日ほど滞在なさいました。その折、その地から十二、三歳の男の子を連れてお帰りになり、身の回りの世話をさせることになさったのです。これがもう、それは美しい子供なのです。大変お気に入りになった様子でのめり込まれて、日々のお勤めもおろそかになってしまわれました。

ところがこの四月になって、その子供がふとした病で寝込んだのです。日を追って悪くなっていくのを大変に心配されて、国府の官医の名医までお招きになったのですが、その甲斐《かい》もなく、子供は死んでしまいました。

懐中の玉を奪われ、髪に挿した花を嵐に散らされたとでもいいますか、泣くにも涙は涸《か》れ果てて、叫ぼうにも声がつまって、とり乱して嘆き続けて、火葬にも土葬にもしようとしない。

そのあとは、子供の死顔に頬ずりしたり、手を握り締めてすごしていたようなのですが、とうとう気がおかしくなられ、まるで子供が生きているように振る舞いはじめ、肉が爛《ただ》れていくのを惜しんでは吸い、骨を舐《な》めてと、とうとう食べ尽くしてしまったのです。

寺の方々が『住職が鬼になった』とあわただしく逃げ出してからは、夜な夜な里に下りてきては人を襲って驚かせ、あるいは墓を暴いてまだ新しい死体を漁《あさ》るという有様なのです。鬼というものは昔話に聞いておりましたが、実際こうして目にすることになろうとは思いませんでした。

かといって、やめさせようもありません。ただ、どの家も日暮れとなると戸を固く鎖《とざ》しますので、最近は国中に噂《うわさ》が広がり、人の往来も絶えてしまいました。そのような次第ですから、あなた様を鬼と勘違いしたので御座います」

快庵はこの話を聞いて、

「世の中にはなんと不思議なことがあるもの。

およそ人の身に生まれ、仏の教えが広大無辺なことも知らず愚かなままに、ねじくれた心で一生を終えた場合は、鬼となり、大蛇となって祟《たた》りをなすことがあるのは古今に多く知られております。愛欲邪念に引きずられ、あるいは本性を現して、恨みに囚《とら》われるわけです。

また、人は生きたまま鬼と化すこともあります。楚《そ》王のある女官が蛇《おろち》となり、王《おう》含《がん》という武人の母が夜叉《やしゃ》となり、呉生《ごせい》の妻が蛾《が》となったのは御存知のとおり。

そうして、これは古いお話ですが、ある僧が旅の途中に、とある貧しい家に泊まったときのことだといいます。その夜は雨風が激しく、灯《あか》りもない心細さに眠ることもできずにいると、夜更けに羊の鳴き声が聞こえてきました。しばらくすると僧が寝たかどうかをうかがうらしく、しきりに嗅ぎ立てる者がある。怪しんだ僧が枕元に横たえていた禅杖《ぜんじょう》で強く打つと、大声を上げてそこに倒れました。この騒ぎを聞きつけて家主の老婆が灯りを持って出てくると、若い女が目を回して倒れていた。老婆は泣いて女の命乞いをする。さてこれはどうしたものかと考えあぐね、結局そのままにして家を出たものの、後日また別の用事でその里のあたりを通りがかったところ、田の中に人だかりがしてなにかを囲んでいる。僧が近づき、『どうしたのですか』と訊ねてみると、村人は、『鬼となった女を捕まえたので、今、土に埋めているのだ』と応《こた》えたとか。

しかしこうした話はみな、女性のことであって、男がそうなったという話は聞いたことがありません。女性の根にはねじれたところがあって、そこをはじめに鬼に変じるのです。男でも隋《ずい》の煬帝《ようだい》の臣下に麻叔謀《ましゅくぼう》という者があり、童の肉を好み、ひそかに庶民の子供を攫《さら》っては蒸して食べたと聞きますが、これは異国の野蛮というもので、御主人のお話とはまた違う。

それはそれとして、その僧が鬼になったという以上、前世からの因縁のせいに間違いない。以前は行いの正しい者として知られていたということだから、心から仏に仕えていたのでしょう。その子を引きとりさえしなければ、立派な僧ということでいられたでしょうに。

一旦《いったん》愛欲にとり込まれると、煩悩の業火に焼かれて鬼と化したのも、何事も一途《いちず》にまっすぐ貫き通そうとする性《さが》の引き起こしたものなのでしょう。『心は解き放てば妖魔への道、引き締めれば成仏への道』という言葉はその僧のためにあるようなもの。もし拙僧《せっそう》がその鬼に説教して元の心をとり戻すことができたなら、今夜のおもてなしへのお礼となりましょうかな」

そう、思いついたように結んだ快庵へ、主人は頭を畳にすりつけ、

「もしそうして頂けたなら、この国の者はみな、この生き地獄から浄土に生まれ変わるようなものです」と涙を流して喜んだ。

山里の寺院がそんなことになっているから、鐘が時を知らせることもない。下弦の二十日あまりの月が上って、建てつけの悪い戸の隙間から月光が漏れる様子で夜が深まったことが知れた。

「ともかく、まずはゆっくりお休み下さい」と主人は言って自分もまた床《とこ》についた。

翌日である。山の寺にはもう誰も住んでいないから、楼門《ろうもん》には荊《いばら》が巻きつき、経典を収めた蔵も虚《むな》しく苔《こけ》むしている。仏像の間を蜘蛛《くも》の巣が渡り、燕《つばめ》の糞《ふん》が護摩壇《ごまだん》

のあたりに積もり、僧たちの部屋も廊下も凄《すさ》まじく荒れ果てていた。

快庵禅師は陽《ひ》も西に傾いた夕刻の頃に寺に入ると錫杖《しゃくじょう》を鳴らし、「諸国遍歴の僧である。一夜の宿をお願いしたい」と何度か呼んで叫んでみたが応答がない。そのうちようやく寺の寝所の方から、痩せ細った僧が弱々しく歩み出てきた。嗄《かす》れ声で、「貴僧はどこへ向かう途中で立ち寄られたのか。この寺はとある事情で荒れ果てており、人の住まない野晒《のざら》しとなっているから、一粒の米もなく食事も出せず、一晩お泊めするだけの用意もない。早々に立ち去り、里へ下りられるがよい」と言う。

禅師は応え、

「拙僧は美濃の国を出て陸奥《みちのく》へ向かう途中だが、ここの麓《ふもと》の里を通りがかって、この山容や水の流れの趣に惹《ひ》かれたのです。陽も落ちかかっておりますから、里までの道は遠い。ただ屋根さえ貸して頂ければそれで結構」

主の僧は、

「御覧のように荒れ寺であるから、不吉なことが起こるかも知れぬ。泊めるとは言わんが、去れとも言わん。貴僧の御自由になされるがよい」と言うともう口を開かなかった。快庵もそれ以上は話しかけずに、主の僧の横に座ることにした。

陽はたちまちに落ち夜となり、まだ月も上らずあたりは暗く、灯りもないので目の前になにがあるのかもわからない暗闇となった。ただ水音が近くに聞こえるばかりである。主の僧は寝間にこもってしまって音も立てない。

夜も更けたところで月明かりの夜へ変わった。清らかな月の光があたりを隈《くま》なく照らし出す。真夜中をすぎ、そろそろ子《ね》の刻だろうと思われる頃、主の僧が寝間から出てきて、ごそごそとあたりを探りはじめた。目あてのものが見つからないのか大声になり、「くそ坊主め、どこへ隠れた。このあたりにいるはずなのだ」と禅師の前を何度も走りすぎるのだが、一向にこちらに気づく様子はない。本堂の方へ走っていったかと思うと庭を巡って躍り狂い、とうとう疲れきったのか、倒れ込んで起き上がらなくなった。

夜が明けて朝陽がさし込み、酔いから醒《さ》めたように体を起こしたところで、禅師が元の場所を動いていないことに気づいたらしい。驚愕《きょうがく》のあまり、呆然《ぼうぜん》として言葉もなく、柱にもたれて溜息《ためいき》をついて黙っている。

禅師は僧に歩み寄り、

「御住職。なにをお嘆きか。もし飢えを我慢できぬというのであれば、拙僧の肉をとって喰《く》らって腹を満たすとよい」

主の僧が訊ねた。

「師僧は一晩中そこにおられたのか」

「ここでずっと起きていたぞ」

答えた禅師に、主の僧は語り出し、

「わたしは浅ましいことに人肉を好むのですが、仏の肉ばかりは食べたことがありません。貴僧はまことに生き仏だ。鬼畜に堕《お》ちて濁ったこの目で生き仏の姿を求めたところで見つけられないのが道理。なんと有り難いことだ」

と頭《こうべ》を垂れて黙り込んだ。禅師が言う。

「村人の話では、お前は一度愛欲に心を乱すやたちまち鬼畜に身を堕としたという。これは浅ましくも悲しい出来事であり、前例のない悪因縁である。

夜な夜な里に下りては人々に害を加えるから、近在の者は安心できぬ。そう聞いてしまっては見捨てておくこともできない。こうしてじかにお前を教え諭して、元の心をとり戻してやろうと思うが、わたしの言葉を聞くつもりはあるか」

主の僧は応えて、

「師僧はまこと、生き仏。かくも浅ましい悪業《あくごう》などかなうことならすぐにでも捨て去ってしまいたい。是非教えを賜りたい」

「お前に聞く気があるなら、こちらへくるがよい」

と禅師は僧を簀子《すのこ》縁《えん》の前の平らな石の上に座らせた。自分の被《かぶ》っていた紺染の頭巾を脱いでその頭にのせると、二句からなる有り難い謎をおかけになった。

江月照松風吹《つきはてらしまつかぜふく》
永夜清宵何所為《よがながいのはどうしてなのか》

「そなたはこの場を動かずに、静かにこの問いの意味を考え続けなさい。意味がわかったときには自然と仏の御心《みこころ》を授かるだろう」

そう丁寧に言い含めると、山を下った。以降、里人が恐ろしい目に遭うことはなくなったのだが、僧の生死がわからないので、人々は疑い恐れて山に上ることを禁忌とした。

たちまちのうちに一年がすぎ、明くる年の冬、十月のはじめ、快庵禅師は奥州からの帰り道にまたこの地を通りがかった。あの日の宿となった家へ立ち寄って、僧の消息をお訊ねになる。喜び迎えた主人が言うには、

「お坊様の徳のおかげで鬼はあれから山を下りなくなりまして、みな、浄土に生まれ変わったようだと言っております。しかし山にいくのはみな怖がって、誰ひとり上った者はありません。ですから消息はわかりませんが、まさかまだ生きているということもないでしょう。今晩はここにお泊まりになり、あのお坊様の菩提を弔《とむら》ってやって下さいませ。みなも参りましょう」

とのことである。禅師は応えて、

「あの僧が善き縁によって成仏したというのなら、わたしにとっては仏道の先達ということになる。もしかして生きているのなら、わたしにとってはひとりの弟子。どちらにしても生死を確かめなければなりますまい」

そう言って再び山に上ったが、なるほど本当に人の行き来がなかったと見え、去年踏み分けて通った道と同じものとは思えない。

寺の中に入ってみると、荻《おぎ》や尾花《おばな》が人の背よりも高く生い茂り、葉の上の露が

時雨《しぐれ》のように降り零《こぼ》れ、小道がどこかもわからないほどになっている。堂閣の戸が左右に倒れ、僧の住まいや台所を巡る廊下も朽ちた上に苔むしている。あの僧を座らせた簀子縁のあたりを探してみると、ぼんやりとした人影が、ひげも髪も伸び放題で僧形とも俗人ともつかない姿で座っていた。雑草が絡み合い、薄《すすき》が倒れている中に、蚊の鳴くような小さな声で、ほとんど物を言うのかわからないほど途切れ途切れになにかを唱えているようである。耳を澄ますと、

「江月照松風吹《つきはてらしまつかぜふく》、永夜清宵何所為《よがながいのはどうしてなのか》」

と聞こえた。

これを耳にした禅師が錫杖を握り直して、

「作麼生《そもさん》、答えはなにか」

と一喝してその頭を打つと、僧の体はたちまち氷に陽が当たったように消え失せ、以前のせた青頭巾と骨だけが草の上に重なっていた。なんとも長い間の妄執がようやくここで尽きたのだろう。仏の貴い御心というものである。

こうして禅師の徳は天が下、海の向こうまでも知られるようになり、「達磨《だるま》大師《だいし》が生きておられるようだ」と賞賛されたということである。こうして村人が集まり

寺を片づけ、修理を施し、禅師を尊びここにお住まい頂くことになった。元の真言《しんごん》密教を改め、曹洞《そうとう》宗の霊場とすることになったのである。今もこの太平山大中寺《おおひらさんだいちゅうじ》は尊く栄えているという。

貧《ひん》福《ぷく》論《ろん》

陸奥《むつ》の国蒲生氏郷《がもううじさと》の家臣に、岡左内《おかさない》という武士がいた。高禄《こうろく》で召し抱えられ、評判も高く、武勇は関東の地に広くとどろいていた。

ただ、この人物にはひどく偏った性質がある。人並み外れて財産を欲する心が強いのである。倹約を第一とし家訓としたので、年が経《た》つにつれて富み栄えることとなった。武の鍛錬《たんれん》の合間に茶道や香道を嗜《たしな》むということもなく、部屋の床一面に金を敷き並べて目を細める様子は、世の人が月や花を愛《め》でるような度を越えていた。人はみな左内の振る舞いを気味悪がって、吝嗇《けち》で卑しい奴《やつ》だとつまはじきにして悪口を言うようになった。

あるとき左内は、自分の家に長く仕えている男の中に小判を一枚隠し持っている者がいると聞きつけ、近くへ呼ぶとこう言った。

「崑崙山《こんろんさん》に産するとされる宝玉も世が乱れれば瓦礫《がれき》と同じ。こんな時代に弓矢商売をする身にとっては、是が非でも、棠谿《とうけい》や墨陽《ぼくよう》で作られるという名刀や、さらには財宝などを持ちたくなる。しかしだな、どんなに優れた刀だろうと、千人を相手にすることはできん。ところが金の持つ徳の力となると天下に及び、万民を従わせることもできるのだ。武人たる者、これを粗略に扱ってはならず、大切に蓄えておかねばならん。お前のような小者が身のほどを超える金を蓄えたというのは愉快だ。褒美をやらねばなるまい」

そう言うと十両の金を与え、帯刀を許して士分とした。これを聞いた人々は、

「左内が金を溜《た》めているのは私欲じゃないのだ。当代一の変人というものだろう」

と語り合っては噂《うわさ》の種にした。

その夜のこと。

枕元に人が立つ気配に左内が目を醒《さ》ますと、行灯《あんどん》の下に小さな翁《おきな》が座ってにこに

こしていた。

　左内はあわてず体を起こし、

「そこにいるのは何者か。わしにたかろうというのは力自慢の馬鹿どもくらいだ。お前のような年寄り姿で寝入り端《ばな》を狙ってくるとは、さては狐《きつね》か狸《たぬき》の類《たぐ》いか。なにか得意な芸でもあれば、ひとつ秋の夜の景気づけにやってみせよ」と、全く動じる気色がない。

　翁は応《こた》えて、

「こうして出て参りましたのは、魑魅魍魎《ちみもうりょう》でも人でもなく、言えば、あなたが崇《あが》める黄金の精霊ですな。日頃の手厚いもてなしのお礼がてらに、一夜を語り明かそうと、おして参った。あなたが今日、家の者に褒美を与えたことに感じ入り、この翁が思うところなどお話ししようと仮の姿をとっております。十に一つの役にも立たない無駄話なものの、黙ったままでいるのも業腹《ごうはら》なこと、こうして参上、お休みを邪魔した次第。

　それはさておき、よろしいですか。

　富を得て驕《おご》り高ぶらないのは聖人の道。それを世の者どもは悪《あ》し様《ざま》に、『金持ちはみな、心のねじけた馬鹿者である』と言う。そんなものは、晋《しん》の石崇《せきそう》や唐《とう》の王元宝《おうげんほう》のごとき、豺狼蛇蝎《さいろうじゃかつ》も逃げ出すような乱暴、貪欲、無慈悲とそろった嫌われ者の話。

古き良き時代の金持ちは、天の時を知り、地の利を得ることで自然と富を手に入れたのだ。太公望《たいこうぼう》は斉《せい》の国の君主となり、民に産業を教えたからこそ、海辺の者たちも利益を得ようと集まってきた。斉の管仲《かんちゅう》は諸侯を九度にわたり連合させ、身分は家臣にとどまりながらその富は列国の君主をしのいだ。越《えつ》の范蠡《はんれい》や孔子《こうし》の弟子の子貢《しこう》、周《しゅう》の白圭《はっけい》も、商売で利益を得、巨万の富を築いたものです。司馬遷《しばせん》は、こういう者たちの伝記を並べて、『史記《しき》』の中に「貨殖列伝《かしょくれつでん》」を設けましたが、後世の学者がこれを卑しい話だと寄ってたかって非難するのは世の中の道理をわきまえていないからで嘆かわしい。

恒産なければ恒心なしと『孟子《もうし》』にあります。農民が耕作に励み、職人が工夫してそれを助け、商人が売って歩くというように、それぞれが役目を果たして家を豊かに、先祖を祀《まつ》り子孫の繁栄を願う以上に、人として立派なことなどあるものですか。

ことわざにも申します。『金持ちの子は罪も金で買う』『王侯貴族の楽しみは金で買える』と。深い水では魚が遊び、深い山では獣が育つという天の道理と同じなのです。

ただ、孔子に『貧而楽《まずしくしてたのしむ》』という言葉があって、これが学者や詩人を惑わせている。弓矢を商売道具とする武人にしても、富こそが国の礎《いしずえ》であることを忘れて、思いつきの計略ばかりを弄《もてあそ》び、物を壊して人を傷つけ、手持ちの徳を失って子孫までも絶やしてしまう。これは金を軽んじ、名ばかりを重いものとする思い込みからである。思うに本来、名を求めるのも金を求めるのも同じ心がけのはず。書物の意見にとらわれて金の徳を軽んじ、自分は清廉で潔白だとばかり自ら畑を耕し世を捨てるのが賢いと言われるものの、そうした者の頭は偉くとも、その行いは賢くはない。

金は仏法で言う七宝《しちほう》の中で最高の位のものである。土に埋もれている間は霊泉を呼び、不浄を祓《はら》い、美しい調べを奏でる。そんな清らかなものがどうして愚昧《ぐまい》で無知で貪欲で残忍な者のところにばかり集まるものか。

ああ、今夜こうしてこの憤りを吐き出し、長年の鬱懐《うっかい》を晴らすことができてとても嬉《うれ》しい」と一息に語った。

左内は思わず膝を乗り出して、

「なるほど、お話を伺《うかが》っておりますと、富貴の道の尊さは、日頃わたしが考えていたこととぴたりと合致し、腑《ふ》に落ちることばかり。ところで、わたしはずっとつまらないことに頭を痛めておりまして、もしよろしければ詳しく御教示頂きたい。

只今《ただいま》承った内容はおおむね、金の徳を軽んじ、富貴が立派な仕事であると知らないことを罪とするものでしたが、そうした書物ばかり読んでいる学者たちの言うことにも一理があります。

今の世の中で財産を築いている者は、十人中の八人は貪婪《どんらん》で残酷、残忍な者ばかりです。自分は十分な俸禄《ほうろく》を受けとりながら兄弟一族はもとより先祖代々仕えてくれた者が困窮しても見て見ぬふりで、隣家の景気が悪くなり、助け手もなく田畑を手放すことになったと聞けば、安く買い叩《たた》いて強引に自分のものとする始末。村長《むらおさ》となって敬われても、以前に他人から借りたものを返すでもなし、礼儀を知る者が席を譲るとその人物を下男のように見下し、たまたま旧友が寒暑の挨拶に訪ねてくると、物を借りにきたのかと邪魔にして、居留守を使う類いのことばかりです。

他方、君主に忠義の限りを尽くし、父母への孝行者として評判で、身分をわきまえ、目上の者を敬い、目下の者を労《いたわ》る気持ちを備えながら、厳冬に皮衣一枚ですごし、酷暑にも汗まみれの着たきりでいるしかなく、豊作の年でも朝晩一杯ずつの粥《かゆ》で腹を満たしている者がいるわけです。そういう者には友人が訪ねてくることもなく、兄弟一族にもつきあいを絶たれ、その憤りを訴える術《すべ》もなく、日々の暮らしに追われて一生を終えることになったりします。

ならばその人物は怠けているのかというと、朝は早くに起き出して、夜は遅くまで働いて、物事に全力で打ち込むあまり、暇さえあれば西に東に走り回っているわけです。決して愚かなわけではなくて、むしろ才能はある方なのに、きちんと役立てることができる者は少ないのです。

そういう人は、顔回《がんかい》が瓢箪《ひょうたん》を抱いて楽しんだという清貧の志を知らないわけです。なにくれと忙しく一生を終えてしまうのを、仏道では前世の因縁として説明し、儒学では天命だと言って説明します。

さて、ここでわからなくなる。もしも来世というものがあるとしたなら、現世で人知れず徳を積み、功徳《くどく》を重ねるのも来世のためということになります。貧富の不公平があったとしても、前世からの因縁なのだと、人々もとりあえずは納得しましょう。とすると、富貴の道は仏道にその礎があるもので、不公平さえも、万事に公正な天命の結果であるとする儒学の教えは荒唐無稽《こうとうむけい》なものなのでしょうか。あなたも仏の教えを拠《よ》り所とされるようですから、どこかおかしなところがあれば御指摘下さい」

翁は答えた。

「あなたの御質問は、昔から長い長い議論が続いているものの未《いま》だに決着のつかない問題である。仏の教えに従うのなら、富のあるなしは前世の行いの善し悪《あ》し次第ということになるが、これはおおよそのところを言うだけである。前世で自分をよく律し、慈悲の心を抱いて他人にも情け深く接した人がその善行の甲斐《かい》あって現世で富貴の家に生まれたとする。この場合、自分の財産を誇り、他人をどうこうし、あることないこと言い出して、卑しい心を見せる者が出てくるのは、前世の善心がそこまで堕《お》ちてしまうからだということになる。これは一体どういうことか。菩薩《ぼさつ》は名誉や利益を嫌うということだから、富のあるなしなどにかかわりを持つはずがない。

そうであるのに、富貴は前世の行いがよかったから、貧困は悪い報いが祟《たた》ったからだと説明するのは、婦女子をたぶらかそうとする似非《えせ》仏法ということになる。富のあるなしにかかわらず、ひたすらに善行を積む者は、その身に返ってこなくとも、子孫が必ず幸福になる。『中庸《ちゅうよう》』に『宗廟《そうびょう》は之《これ》を饗《う》け、子孫之《これ》を保つ』とあるのは、この理屈を言うのである。善行をしたから自分に善いことが起こると期待するのは、まっすぐな心構えとは言い難い。また、悪行をなし貪欲な者が、富み栄えるだけにとどまらず、寿命まで全うする理由については、わたしに独自の考えがある。しばらく聞いて頂きたい。

こうして今語っているこのわたしは、仮の姿である。神でもなければ仏でもなく、そもそも情というものを持たない物質だから、人間とは違った考え方をするのだな。古き良き時代の金持ちは天の時を見定め、地の利を解き明かし、産業を発達させて金持ちとなった。これは天の道理に従ったからそうなったので、だから財物が集まってくるのもまた天の道理によるのである。

他方、品性卑しく吝嗇《けち》で貪欲で残酷な者というのは、金銀に対して父母のように親しみ仕え、食べるものも食べず着るものも着ず、一つしかない命さえ惜しいと思わず、起きている間は金のことばかり考え、寝ている間も頭を離れないのだから、そこに金が集まってくるのもまた至極当然のことだと言える。わたしはもともと神でも仏でもなく、ただの物質にすぎんわけだ。物質だから人の善悪を責めたり道理に従う謂《い》われはない。

善を賞し悪を罰する役目は、天であり神であり仏の仕事。天、神、仏、この三つが人間の道である。道は我ら物質の関与するところではない。ただ心をこめて仕えてくれる者の下へ集まるだけであると知るがよい。ここが、金に精霊が宿るといっても人の心とは食い違うところ。

金を持ち、善行を積む場合でも、理由なく施し、相手が義理を重んじるかを考えずに貸したりすれば、たとえ善行であっても財産は結局なくなってしまうに決まっている。これは金の使い方だけを知って、金の徳を知らず、軽く扱うからである。

品行もよく、他人に親しく接しながらも、日々の暮らしに追われて苦しむ者は天の恵み少なく生まれついたのだから、どんなに誠心誠意尽くそうと、生涯のうちに金持ちになることはできない。だからこそ古き良き時代の賢人たちは、求めて利益があるときは求め、そうでなければ放っておいたのだ。気ままに俗世を離れて山林に住み、静かに一生を終える。どれほど清々《すがすが》しい心持ちかとうらやましくなりますな。

色々と語って参りましたが、富貴の道は技術であって、上手《うま》い者はよく集め、下手な者は瓦《かわら》を砕くように駄目にしてしまう。それに我々金というものは、人の行いについて回るものだから、これといった主人がいるわけでもなく、どこかに集まったかと思うと、持ち主の行い次第ですぐにどこかへ走り出ていく。水が低い方へと流れていくのと同じこと。昼夜を問わず行き来して休む間もない。暇人が仕事もせずにいたならば、泰山《たいざん》だって食い潰されるし、江海《ごうかい》の水だろうと飲み干されてしまうわけです。

もう一度言っておきましょう。徳のない者が財産を築いているのは、道徳と並び立つまた別の道理によるものだから、君子の議論する事柄ではない。時の運を得た者が倹約し節約してよく働けば家は自然に栄えていき、人も集まってくるものなのです。わたしは仏道でいう前世の業《ごう》も知らないし、儒学でいう天命にもかかわりはなく、別の論理で動いているのですな」

左内はいよいよ面白くなり、

「精霊であるあなたの理屈はとても素晴らしい。昔からの疑問も今夜解けました。ついでながらもう一つお伺いしたい。今、豊臣《とよとみ》家の威風は天下を払い、五畿七道《ごきしちどう》もようやく鎮《しず》まったように見えます。しかし国を失った義士たちがあちこちに潜《ひそ》み隠れたり、あるいは大国へ身を寄せて天下の変わり目をうかがいながら、志を遂げようと待ち構えている。農民とても戦乱の世の農民ですから、鋤《すき》を捨てて矛《ほこ》に持ち替え、畑仕事を放り出して潮目を探り、武士は枕を高くもできない。こんなことが続くようでは、豊臣も長くは保《も》たないでしょう。一体誰が天下を安んじ、平穏な暮しをもたらすことができるのでしょうか。金は誰に味方しますか」

翁は答えた。

「それもまた人の道のことだから、わたしの関与するところではない。だが一つ、富貴の視点から論じてみるとしよう。武田信玄《たけだしんげん》のような智謀《ちぼう》の者は百の計略のうち百が成功しようとも、一生の間に、甲斐《かい》、信濃《しなの》、上野《こうずけ》の三カ国を治めることができただけだった。名将として評判高く、世間もみな賞賛していたのにその程度なのだ。その信玄の最期の言葉に、『当代で信長《のぶなが》こそは運に恵まれた武将である。自分はこれまで奴をあなどり、放っている間にこの病を得てしまった。自分の子孫は奴に滅ぼされるだろう』というものがあるという。上杉謙信《うえすぎけんしん》は勇将である。信玄が死んだあと天下に並ぶ者はなかったが、運悪く早逝することになった。

信長は器量でこそ抜きん出ていたものの、智謀は信玄に及ばず、勇は謙信に及ばなかった。その信長が一度は天下を手に入れたのは、富貴の力のなす業《わざ》である。しかし家臣に裏切られて殺されたところを見ると、文武を兼ね備えた人物だとは言い難い。豊臣秀吉《ひでよし》の志は大きいが、はじめから天下を狙うようなものだったわけではない。柴田《しばた》勝家《かついえ》、丹羽《にわ》長秀《ながひで》の富をうらやんでそれぞれから一字をもらい、羽柴《はしば》と名乗ったところからも明らかである。今では竜となって天に上っているが、池の中にいた頃のことを忘れてしまったと見える。

秀吉は竜となって天に駆け上ったが、所詮《しょせん》は長虫の類いにすぎない。『蛟蜃《こうしん》から竜になったものの寿命はわずか三年』と『五雑俎《ござつそ》』に言うから、秀吉の後継は絶えるのではないか。

驕り高ぶった者が治める世は、古来、長く保《も》ったためしがない。倹約は守るべきだが、あまり度を越すと吝嗇《りんしょく》に落ちる。であるから倹約と吝嗇の境目をよく見極めて励むことである。この豊臣の世が長くなくとも、万民が平和の裡《うち》に全ての家が千秋楽を歌って祝うような日はもう近い。あなたの問いにはこう答えよう」と言って、八文字からなる句を言った。こうである。

堯蓂日杲《へいわのしるしがあらわれて》
百姓帰家《みながいえにかえるひがくる》

様々な話題に興じた夜も明けて、寺の鐘が遠くから朝を告げていた。

「夜もここまで。失礼しよう。今宵《こよい》はお休みのところ長話を失礼した」

立ち上がった翁が立ち去る様子を見せるともう、その姿はかき消えていた。

左内はこの夜のことをつくづく考え、あの句について思案を重ね、「百の姓が家に帰す」の句の意味をおおよそ悟って、深く感じるところがあった。天下が家康に帰した徳川の世に至るまで続く瑞兆《ずいちょう》のはじまりとして、この言葉があったのだということになる。

訳者あとがき

上田秋成《うえだあきなり》は、おおよそ三百から二百年前の人物である。そこそこ長生きをした。二百年というと随分と昔のようだが、明治維新が百五十年と少し前の出来事であることを思い返せば、そうでもないような気もしてくる。

日本語の書き言葉は明治期以降大きく変化した。語彙《ごい》も変われば、かな遣いも変わり、漢字自体も姿を変えた。流れるような筆使いは一字一字が明確に区切られた活字に置き換えられ、紙に印刷された文字の並びにも「底本」の名がつくようにもなっていく。

江戸時代に流通した『雨月物語』は木版で刷られた。版には続け字が彫られている。一字一字が独立して並べかえることの可能な活字ではなく、まとまりとして版面を彫った。木製活字や金属活字の歴史、技術的なあれこれについては横においておくとして、やはり当時の人々にとっては続け字の方が見慣れたもので、読みやすかったということなのではないか。

この続け字の『雨月物語』本文は、かなの表記や漢字のヒラきにおいて、現代における活字本の「底本」とは大きく異なる。版本《はんぽん》を活字本に起こすときの規則はあまり明確なものがない。

当時はいわゆる変体仮名が使われていたが、それぞれの変体仮名の多様さは現代の「あいうえお」に圧縮される。同じ「かな」を示すのに複数の「変体仮名」があったわけだが、これは別段、てきとうに使われていたわけではないらしい。同時に、恣意《しい》的に運用されていた節もある。結構気分やお天気次第で変わったのではないかと思う。

変体仮名は横に同じ文字が並ぶのを嫌ったりした。とするとそれらの文字は、一行文字数が変化するたびに周囲を見回し、姿を変えたという可能性もある。であるならば、活字として起こされる際にもその種の相互作用は維持されるべき、という考え方が生まれうる。読みやすさとの兼ねあいはある。

続け字で書かれているものの、江戸時代の『雨月物語』はもちろん、平安時代の『源氏物語』などとは文章の姿が違うのであり、何百年か分は現代文の見かけに近い。『源氏物語』はどこかを取り出し、短冊に載せても格好がつきそうだが、『雨月物語』では苦しいのではないか。なんといっても紙面における漢字の比率が格段に高い。

漢字で記された単語の使われ方はほぼ現代と同様であり、そのみかけはモダンである。くねくねとした文字に慣れさえすれば、このくらいは読めるのではないか、という印象が湧く。

秋成の時代はまた、古典が復興する時期であり、秋成自身も日本語とはどんなものなのかということを考え、本居宣長《もとおりのりなが》と論争をしたりしていた。なぜこの時代に急に古典が掘り返されることになったのかは知らないが、『万葉集』や『源氏物語』があらためて「発見」されて、その「読めなさ」が注目されることが起こった。もっとも『万葉集』などは平安時代にはもう、かなりわからないところがでてきて、専門家による検討が必要となっていた。

文章を書くにあたって、日本語とは何かという種類の問いに向かう必要はない。問わずとも使えるのが母語であり、文法はむしろ母語を用いる者の書いたものから抽出される。その土台となるものをいちいち考えるのは、どこか面倒な人間である。

秋成は面倒な人間であっただろう。

現代では、『雨月物語』は読本《よみほん》に分類される。

読む用である。

声に出して読んだかどうかは知らないが、少なくとも、演じたり、謡《うた》ったりするためのものではない。基本的には自分の部屋で一人、紙をめくりながら読む。夜ならばゆらめくあかりの下、もしくは月の光の下で読む。そうした読まれ方としても、『雨月物語』は現代の小説のありようとかなり近いところにきている。

秋成はこの「読むため」の本を、白話《はくわ》小説などをもとにして書いた。くだけた中国語による文芸を、秋成の体を通して日本語へと移しかえ、文字を紙に並べていった。当然、筆をすすめる秋成の頭の中には、古い日本語と現代の日本語の関係や、中国語と日本語の関係などが渦巻いていたと思われる。日本語はどこで日本語となり、どうした日本語へなっていくのか、といったような事柄や、自分はそれらをどう書くのかを思い、あるいはどうして書けてしまうのかを思ったのではないか。

といった背景を持つ『雨月物語』の現代語訳にあたっては、様々方針を考えたのだが、一貫したものへは至らなかった。古語と漢語のバランスをどう測るのか定めるのかは、国語学者ならぬ身には荷が重く、しかも期待される事柄ではないという気もする。結果、自分の体を通した『雨月物語』のリズムなるものに依拠するという方策しかなく、我が事ながら閉口した。これは、自分が変化をすると、それに応じて訳文もまた変化していくはずであるということを意味していて、しかも短いスパンで変わりうる。

しかし秋成自身もまた、そのような変化途中の日本語として『雨月物語』を書いたのではないか、という気も一方ではする。『雨月物語』の話の並びにはどこか不安を抱かせるものがある。ちぐはぐ、という感が否めない。編集方針なるものを見通すことが今一つ難しい。

たとえば『雨月物語』の掉尾《とうび》を飾る「貧富論」は、そのままカネの話である。念の入ったことに、カネそのものが語りだす。「怪異小説」といわれるとそうかもしれないが、やはりそこまでの並びとは毛色が異なっている。徳川の世をおざなりに褒めてみせたようでもあるし、最後にわざと一音外してみせた、という感じを抱かぬでもない。どちらかというと、凡庸にして勘の鈍い読者に対する念押しという風に見えたりもする。

ある種のライブ感と言えるかも知れず、何かの気の引き方ということなのかもしれない。

他にもたとえば「青頭巾」には「羊」の逸話が出てくるが、この時代に羊は珍しかった。なぜここで羊であるのか、今も腑《ふ》に落ちないままでいる。

読本の中には奇《き》譚《たん》も多い。

たとえば秋成の師匠筋ともされる都賀庭鐘《つがていしょう》の『古今奇談英草紙《ここんきだんはなぶさぞうし》』所収の「紀任重《きのとうしげ》陰司《いんし》に至り滞獄《くじ》を断《わ》くる話《こと》」などは、やはり白話小説を下敷きにして、『源平盛衰記』の登場人物を『太平記』の登場人物として転生させる話である。源　義経《みなもとのよしつね》が新《にっ》田《た》義貞《よしさだ》に、畠山重忠《はたけやましげただ》が足利尊氏《あしかがたかうじ》に、源　範頼《みなもとののりより》が楠木正成《くすのきまさしげ》に、安徳帝《あんとくてい》は廉子《れんし》に生まれ変わることになる。

こうまとめると『魔界転生』みたいな話にも見え胸が躍るが、実際に読むとそこまで面白い話でもない。素材の方はともかくとして、なんだかいちいち教訓じみて説教くさく、冗長である。

というのは無論、今の小説のようにして読むとという意味であり、そんな難癖をつけられても都賀庭鐘としても困ると思う。

ここで注目したいのは繰り返し現代語訳されてきた『雨月物語』との違いであって、特に現代語訳されることもない他の読本とは異なるものが『雨月物語』にはあるはずである。

別段わたしは、長く残るものこそが名作であると考える派ではないが、それでもその「しぶとさ」のようなものは気になる。

翻案や、演劇化、漫画化、映像化、映画化といった形で『雨月物語』は様々なメディアを乗り継いできた。各国語や現代日本語への「翻訳」もまた、そうしたメディアの乗り継ぎの一形態と見なすことができるはずであり、秋成はそうしたことが可能な「なにか」をつくった。もっとも、秋成自身がその「なにか」を作成する秘密を摑んでいたのかというとわからないところがあって、『春雨物語《はるさめ》』ではその力は弱まる。あるいは、わかっていても繰り返すのは野暮であると考えたのか、一度しかできない秘儀だったのか。

それとも秋成もまた、たまたまそこを通りかかった、メディアを乗り継ぎながら生き続ける種類の話を、手近なメディアに移しかえる役割を担った一人だったという話なのかもわからない。

その場合、真の怪異はこの『雨月物語』の存在そのものであることになりそうであり、わたしもその乗り物のひとつ、ということになる。

結局のところ現代語訳は、読みやすさや調子を優先し、ひどくおおらかに行った。各種刊行本を参考にしたが、底本は『新編日本古典文学全集78　英物語／西山物語／雨月物語／春雨物語』（中村幸彦・高田衛・中村博保　校注・訳／小学館）とした。既存の、作家による現代語訳にはそれなりに目を通したものの、あまり影響はなかったと思う。専門家の研究書にはあたる時間があまりなかった。参考資料としては主に、

『雨月物語』高田衛・稲田篤信　校注／ちくま学芸文庫

によった。あまりにも依存度が高くなってしまったこともあり、高田先生には草稿の段階で読み物として全体に目を通して頂くというお手数までおかけした。当然、各種の勘違い、物語的脚色箇所についての責は円城にある。

円城　塔

解題

長島弘明

怪談小説の白眉であり、また江戸時代小説の代表作でもある『雨月物語』の作者上田《うえだ》秋成《あきなり》（一七三四〜一八〇九）は大阪生まれの人である。父は不明、数え年四歳の時に母からも引き離され商家の上田家に養子にやられた。翌年かかった疱瘡《ほうそう》の後遺症で両手指に障害が残り、また斜視でもあったようで、孤児と障害を意識する少年時代を送った。晩年は京都に転居し七十六歳で亡くなったが、『雨月物語』が書き上げられたのは序文によれば三十五歳の時、刊行されたのは安永五（一七七六）年四十三歳の時である。

秋成はプロの小説家ではない。そもそも、小説執筆が生業として成り立つようになるのは秋成よりも後の時代であり、当たり前のことだが、秋成はアマチュアの小説書きである。小説は手慰《てなぐさ》みであり、短編小説集が生涯に六作、生前刊行されたものはたった四作に過ぎない。秋成は商人であり、店が大阪の大火で類焼して後は医者として生計を立てている。そういう秋成にとって、小説は彼の文業のごく一部でしかない。秋成は小説以外に、俳諧や和歌や、和文（擬古文）の創作に打ち込み、また王朝文学や『万葉集』の研究（国学）にも深く沈潜している。俳諧一筋に打ち込んだ芭蕉《ばしょう》などとは違い、複数の文学ジャンルに携わることをよしとする人たち、さらに言えば、文学以外の絵画や音楽や、書道をはじめとする様々な芸道に遊ぶことをよしとする多芸多能の人たちが、秋成と同時代に多く出現してくる。これを文学史の上では「文人《ぶんじん》」と呼ぶが、煎茶《せんちゃ》にも造詣《ぞうけい》の深い秋成はその「文人」の典型的な一人である。「文人」は、「この道ひと筋」という芭蕉風の生き方を嫌い、また文業を生計の具とすることを嫌うから、秋成の様々な文業も全て「遊び」ということになる。当然小説も「遊び」であるが、しかし秋成は実に真剣に遊んでいる。その結果、達成された作品の質は、時代をはるかに抜きんでるものとなっているのである。

『雨月物語』は秋成の三番目の小説である。文学史の用語では、「読本《よみほん》」という小説形式に入る。この「読本」は、中国の白話《はくわ》（文語の漢文ではなく、現代中国語に近い中国口語）小説の大きな影響を受け、一般読者には難しい白話が鏤《ちりば》められた和漢混《こん》淆《こう》文で書かれた、江戸時代の小説中でもっとも高踏的で硬派な、歴史・思想小説である。秋成三十三歳の第一作『諸道聴耳世間狙《しょどうききみみせけんざる》』と、その翌年に出した『世間妾形《せけんてかけかた》気《ぎ》』は、この「読本」とは対極にある「浮世草子《うきよぞうし》」という小説形式中の、さらに「気質物《かたぎもの》」という小説形式に分類される。俗語をふんだんに使った文章で書かれた滑稽《こっけい》きわまる現代風俗小説である。自分の好みに執着し、常識から逸脱した「気質《かたぎ》」に凝り固まった「気質者《かたぎもの》」と呼ぶべき主人公が、愚行を繰り返し笑いを誘うドタバタ喜劇であるこの二作品のすぐ後（序文の年次を信じれば第二作の刊行の翌年）で、全く逆のシリアスな怪談『雨月物語』へと秋成は転身しているのである。

それでは『雨月物語』は、気質物二作と何の関係もない作品かというと、もちろんそうではない。『雨月物語』各話の主人公も、何かに執着して一様に世間の常識から逸脱した者たちである。「白峰《しらみね》」の崇徳院《しゅとくいん》は自らを敗者に落とした者への復讐《ふくしゅう》に、「菊花《きっか》の約《ちぎり》」の丈部《はせべ》左門《さもん》と赤穴《あかな》宗右衛門《そうえもん》は再会の信義に、「浅茅《あさじ》が宿《やど》」の宮木《みやぎ》は夫の言葉を信じて帰りを待ち続けるということに異常な執念を燃やし、結果的に常識の限界どころか、この世とあの世の境界までも踏み越えてしまっている。執着のためにこの世に居場所をなくしてしまった「気質者」たちが、『雨月物語』の主人公である。生真面目な彼らは、前二作の愚かで馬鹿馬鹿しい主人公たちの兄弟である。

『雨月物語』は通常の怪談と違って、亡霊や妖怪の恐怖を語るものではない。『雨月物語』には、読者の恐怖をあおろうとする凄惨《せいさん》な殺しの描写は皆無である。秋成の関心はあくまでも人間にある。人間の欲望や執念の究極化した形が怨霊《おんりょう》や妖怪であり、秋成は人間の情念を描くために怪談を書いたわけである。怪談小説を書いたからといって、秋成は滑稽小説を捨てたわけではない。五十四歳で刊行した『書初《かきぞめ》機嫌海《きげんかい》』、五十八歳の時に書いた『癇癖《くせ》談《ものがたり》』（没後刊行）は、世相の諷刺《ふうし》に重点があるものの滑稽味の強い作品、七十五歳で書いた『春雨物語《はるさめものがたり》』（未刊行）は、シリアスな内容を含んだ『雨月物語』に一番近い小説集であるが、ユーモアも全篇に漂っている。

五十歳代あたりからは、秋成は小説を離れて国学研究と和歌・和文の制作に精力をそそぎ、国学では、当時の第一人者である本居宣長《もとおりのりなが》と、記紀の天照大神《あまてらすおおみかみ》や古代の音韻について論争をしたり、賀茂真淵《かものまぶち》の著作を校訂・刊行したりしている。和歌・和文については、七十三歳、七十四歳に刊行される『藤簍冊子《つづらぶみ》』所収作の大半をものしている。秋成が再び小説に本気で向きあうのは、七十四歳の秋に学問を断念し（古井戸に国学研究の著作を投棄している）、気ままな「遊び」に余生をかけようと決心してからである。そこで、『雨月物語』と並ぶ傑作『春雨物語』が生まれた。

くてできた訳である。

＊

『雨月物語』の現代語訳としては、従来石川淳のものが多くの人たちから支持されている。これが『雨月物語』訳では唯一無二のものだとは思わないが、もちろんよくてできた訳である。

古典文学研究者の中には現代語訳を極度に嫌う人があるが、私はそうではない。原文が難しければ、現代語訳で読むことは大変結構だと考える。古典文学は、一種の外国文学であるから、翻訳、すなわち現代語訳で読むことも当然許されるであろう。外国文学を翻訳で読むな、原語だけで読めという人は、まさかいないはずである。ただし、現代語の訳文は、自立して味わえる文章でなくてはならない。古典文学全集などの、現代語訳以外に原文や語注が併載されているものは、現代語訳はこなれない逐語訳の日本語でも仕方ない。美しい原文が、まずい現代語訳を補完してくれるからである。ただし、原文なしの現代語訳は、できれば原文と拮抗《きっこう》するような美しい、あるいは力強い文章でなくてはならない。『雨月物語』の場合はこれが中々難しい。というのは、『雨月物語』では、『古事記』『万葉集』『伊勢物語』『源氏物語』から中世の軍記や近世小説、中国の文言《ぶんげん》小説、白話小説に到るおびただしい作品の文章が典拠として参照され、一部は引用されて、『雨月物語』の文章を形作っているからである。文章は、それらの典拠を抱え込み、意味が二重にも三重にも多義化している。それを一つの現代語訳で表現するには、原文から何を捨て、原文にない何を付け加えるかという、つらい選択が迫られる。原文に依存する研究者の訳ではなく、訳を自立させる作家の苦心のしどころであり、腕の見せ所である。もちろん、その結果、時には原文から離れたかなり自由な訳になることもありうる。昔、ある古典現代語訳シリーズで山東京伝《さんとうきょうでん》の『昔話《むかしがたり》 稲妻表紙《いなずまびょうし》』を担当した悪戯《いたずら》好きの寺山修司が、登場人物の一人を一寸法師（小人）に変え、原文にない閨房《けいぼう》の覗《のぞ》きの場面やサドマゾの場面を書き加えて、原作を断りなく寺山ワールドに書き替え、解説の某氏をまんまと罠《わな》にかけて京伝の原作と勘違いさせてしまっているのは、いささかやり過ぎの感なきにしもあらずだが、ある程度の自由は保障されるべきであろう。

　円城さんの今回の現代語訳は、円地文子の現代語訳がそうであるように、全体として原文以外の文をあまり増補しないストイックな訳と見える箇所もあり、そうでない箇所もある。紙幅の関係もあるので、石川淳訳とだけごく一部分読み比べて、その特徴の一端を私なりに見てみたい。まずは漢文序。石川淳の『新釈雨月物語　新釈春雨物語』（ちくま文庫、一九九一年）では漢文序の現代語訳は省かれているので、これは円城さんのものだけになる。

『雨月物語』の漢文の序文は、

羅子撰水滸。而三世生唖児。紫媛著源語。而一旦堕悪趣者。

と始まっている。

これを円城さんは、

羅子撰水滸《すいこでんのさくしゃのいえには》、而三世生唖児《さんだい、くちのきけないこがうまれた》。

紫媛著源語《げんじものがたりをかいたせいで》、而一旦堕悪趣者《むらさきしきぶはじごくにおちたともいわれる》。

と、原文の漢文の横に平がなを振って、傍訓の形で訳している。漢文は、本文の和漢混淆文に比べて少し難しい印象を与え、衒学《げんがく》的な雰囲気を出すもの。それを逆に、本文の和漢混淆文より柔らかく易しい平がな表記にして、本文との文体差を印象づけている。これは中々の思いつきであり工夫である。

石川淳の訳もある箇所を、一つだけ掲げてみよう。三島由紀夫がちくま文庫の「解説　雨月物語について」（もともとは昭和二十四年九月『文芸往来』所収「雨月物語について―私と古典―」）で、「秋成の企てた究極の詩」と呼んで激賞した、「夢《む》応《おう》の鯉《り》魚《ぎょ》」で鯉《こい》に変身した興義《こうぎ》の目に映る琵琶湖の風景の描写である。

　不思議のあまりにおのが身をかへり見れば、いつのまに鱗金光《うろこきんかう》を備《そな》へてひとつの鯉魚《りぎょ》と化《け》しぬ。あやしとも思はで、尾《を》を振《ふり》、鰭《ひれ》を動《うご》かして心のまゝに逍遥《せうえう》す。まづ長等《ながら》の山おろし、立ゐる浪に身をのせて、志賀の大湾《おほわだ》の汀《みぎわ》に遊べば、かち人の裳《も》のすそぬらすゆきかひに驚《おど》されて、比良《ひら》の高山影うつる、深き水底《みなそこ》に潜《かづ》くとすれど、かくれ堅田《かただ》の漁火《いさりび》によるぞうつゝなき。ぬば玉の夜中《よなか》の潟《がた》にやどる月は、鏡の山の峰に清《すみ》て、八十《やそ》の湊《みなと》の八十隈《やそくま》もなくておもしろ。沖津島《しま》山、竹生島《ちくぶしま》、波にうつろふ朱《あけ》の垣《かき》こそおどろかるれ。さしも伊吹の山風に、旦《あさ》妻船《づまぶね》も漕《こぎ》出れば、芦間《あしま》の夢をさまされ、矢橋の渡りする人の水《み》なれ棹《ざを》をのがれては、瀬田の橋守にいくそたびか追れぬ。日あたゝかなれば浮び、風あらきときは千尋《ちひろ》の底《そこ》に遊ぶ。急《にはか》にも飢《うえ》て食《もの》ほしげなるに、彼此《をちこち》に餐《あさ》り得ずして狂ひゆくほどに、忽文四が釣を垂《たる》るにあふ。

このあたりは、七五調を基本としたリズミカルな美文で地名（琵琶湖の名所）を詠《よ》み込んで行くいわゆる道行文《みちゆきぶん》で、修辞として様々な古典和歌が下敷きにされている。その下敷きになっている歌を、任意にごく一部だけ示してみる。「志賀の大湾」「汀」「かち人の」「ぬらす」は、

かち人の汀の氷ふみならし渡れどぬれぬ志賀の大わだ（続《しょく》古今集）

「志賀」「比良の高山」「影うつる」は、

志賀の浦の浪の花こそ影うつす比良の高嶺の桜なりけれ（新葉集）

「竹生島」「波にうつろふ」「朱の垣」は、

目に立てて誰か見ざらむ竹生島波にうつろふ朱の玉垣（松葉集）

に拠っている。こういう典拠に綾取《あやど》られた文章をどうさばくか。あるいは下敷きの典拠は無視し割愛するか。

石川訳には次のようにある。

不思議のことかなと、おのれの身をかえりみれば、いつのまにか金光ぴかぴかと鱗《うろこ》を生じて、ひとつの鯉魚とは化していた。それをあやしくもおもわずに、尾をふり鰭《ひれ》をうごかして、こころのままに湖水をめぐる。まず長良の山おろし、立つ浪に身をのせて、志賀の入江の汀にあそべば、かちで行きかうひとびとの、裳すそをぬらすけしきにびっくり。比良の高山の影うつる水底ふかくもぐろうとすれど、堅田の漁火《いさりび》のかくれなく、きらめく方にさそわれるのも魚ごころか。真夜中の水のおもてにやどる月は、鏡の山の峰に澄み、湊湊《みなとみなと》にかげる隈もなくてあざやか。沖の島山、竹生島、波にゆらぐ朱塗の垣には目もくらむ。伊吹の山風吹きおちて、朝妻船も漕ぎ出れば、葦間にねむる夢をさまされ、矢橋の渡にかかっては、船頭の棹《さお》おそるべく、瀬田の橋にちかづくと、そこの橋守にいくたびか追われた。

「やれやれ、魚の身になれば、とんだ苦労もするものだな。それでも、水のまにまに苦労をながして、この自在のあそびは捨てられぬ。」

日あたたかのときは浮び、風あらいときには水底にひそんであそぶ。そのうちに、たちまち飢えて食《もの》ほしくなって来た。さて腹がへったぞ。なにかないか。あちこちにあさり求めたが、なにもえられず、およぎ狂って行くほどに、かなたに釣糸を垂れている男を見た。

「おう、文四。」

石川訳では、和歌の典拠に触れることは断念され、「やれやれ、魚の身になれば、とんだ苦労もするものだな。それでも、水のまにまに苦労をながして、この自在のあそびは捨てられぬ。」、あるいは「さて腹がへったぞ。なにかないか。」などと、魚になった興義の心情を臨場感を持たせた独白で補っている。末尾の「おう、文四。」も同様。琵琶湖周遊を、一人称と三人称の中間あたりの視点から叙する原文に対し、訳文は魚になった興義の心情に一体化している。ちくま文庫の巻末付載の「秋成私論」を見るに、石川は『雨月物語』の文章をよしとしながらも、そこにある美文的要素、雄弁的表現を「無駄なこと」「無意味なもの」として否定的な評価を与えているが、典拠によって多義化されかねない美文の道行文を、現代語訳では表面の一元的な語義だけを採ってさっさとやり過ごすところはいかにも石川らしい。一方、付け加えられた魚になった興義の独白は、まさに石川自身が批判する無駄で無意味な文なのではなかろうか。石川が『雨月物語』の現代語訳を、「新訳雨月物語」ではなく「新釈雨月物語」と題したところに、わかりやすい現代語訳のためには、時に自ら否定した贅言《ぜいげん》に類する文も差し挟まねばならないという、石川の苦衷《くちゅう》を感じるのは僻目《ひがめ》であろうか。原文をどう扱うかは、かくも難しい。

一方、円城さんの新訳は次のようになっている。

奇妙なことだと考えながら自分の体に目をやると、いつの間にやら体は鱗《うろこ》に覆われており、金色の光を放つ一匹の鯉魚になっております。特に不思議と思うこともなく自然と尾を振り、鰭《ひれ》を叩《たた》いて気の向くままにあたりを泳ぎ回ることにしました。

まずは長等《ながら》の山おろし、この寺の裏から下りる風に吹かれて立つ波に体を乗せて、琵琶湖西岸を北へと進み、志賀《しが》の大曲《おおわだ》、唐崎《からさき》の夜雨《やう》を想《おも》い入江に遊べば、浅瀬をゆきかう人の姿に驚かされて、暮雪《ぼせつ》に名高い比良《ひら》山の映る水面《みなも》を跳ねて深みへ潜ったところで目に映るのは、堅田《かただ》の漁《いさ》り火《び》。夢見心地に引き寄せられて、『さ夜深《よふ》けて、夜中《よなか》の潟《かた》に』と詠《うた》われる夜中の潟に揺れる月の姿を空に探すと、対岸のくもりなき鏡山《かがみやま》の峰にかかる姿は古歌のごとく、八十《やそ》の港を八方照らして隠れなし。沖津《おきつ》島《しま》、竹生《ちくぶ》島《しま》の神社の朱色の玉垣が漆黒の波間に揺らめき映える様は素晴らしく、そうするうちに夜も明けはじめ、伊吹山《いぶきやま》から吹き下ろす風に乗せて朝妻《あさづま》の港から漕《こ》ぎ出す舟も増えてきて、葦《あし》の間で見ていた夢を醒まされて、矢橋《やばせ》の渡しの竿《さお》を逃れて瀬田《せた》の唐橋《からはし》、橋守りの足音に追い立てられました。

　陽《ひ》が高ければ浮かび、風が荒れれば水底《みなそこ》を行き、心のままに泳ぎ続けていたところ、突然、腹が減りだして、ひもじいことに気がついたのです。あちらこちらと探してみても食べ物はなく、どうしようもない。気も狂いそうになったところで丁度、文四が釣り糸を垂れているのに出くわしたのです。

　原文にない言葉が増補されている箇所を見ると、「この寺の裏から」は三井寺《みいでら》と長等山の位置関係を、「琵琶湖西岸を北へと進み」は、列挙される琵琶湖畔の歌枕の大まかな配置を、それぞれ明らかにするための加筆。「唐崎《からさき》の夜雨《やう》」「暮雪《ぼせつ》に名高い比良《ひら》山」は、この道行文に出る地名は近江八景が中核となっていることの注意喚起、「『さ夜《よ》深《ふ》けて、夜《よ》中《なか》の潟《かた》に』と詠《うた》われる」は、下敷きに万葉歌があることの明示である。「夜中の潟に揺れる月の姿を空に探すと、対岸のくもりなき鏡山《かがみやま》の峰に」も、空の月と潟に映る月の視覚的イメージと、位置的な対応をはっきりさせたものであろう。石川が切り捨てた道行文の美文的な要素が、ここでは拾い上げられている。多分、いささかうるさい加筆だという外野の批判は承知の上で、この加筆に釣り合う文飾の過剰性こそが、ここでは美文の命となっているのだという判断があるのであろう。石川とは逆の方向を向いた訳だが、もちろんこれはこれでよい。担当の編集者の方のお話では、円城さんの訳文に目を通した、秋成研究の大家である故高田衛氏は、この訳を激賞していたという。円地訳、石川訳と並んでまた一つ名訳が加わったことを、秋成のために喜びたい。

（ながしま・ひろあき／国文学者　近世文学）

本書は、二〇一五年一一月に小社から刊行された『好色一代男／雨月物語／通言総籬／春色梅児誉美』（池澤夏樹＝個人編集　日本文学全集11）より、「雨月物語」を収録しました。文庫化にあたり、一部加筆修正し、書き下ろしの訳者あとがきと解題を加えました。

雨《う》月物語《げつものがたり》

二〇二四年一一月二〇日　初版発行
二〇二四年一二月三〇日　2刷発行

訳　者　円城《えんじょう》　塔《とう》
発行者　小野寺優
発行所　株式会社河出書房新社
〒一六二－八五四四
東京都新宿区東五軒町二－一三
電話〇三－三四〇四－八六一一（編集）
〇三－三四〇四－一二〇一（営業）
https://www.kawade.co.jp/

ロゴ・表紙デザイン　粟津潔
本文フォーマット　佐々木暁
本文組版　株式会社キャップス
印刷・製本　中央精版印刷株式会社

Printed in Japan　ISBN978-4-309-42151-3

河出文庫　古典新訳コレクション

古事記　池澤夏樹〔訳〕
百人一首　小池昌代〔訳〕
竹取物語　森見登美彦〔訳〕
伊勢物語　川上弘美〔訳〕
源氏物語1〜8　角田光代〔訳〕
堤中納言物語　中島京子〔訳〕
土左日記　堀江敏幸〔訳〕
枕草子上・下　酒井順子〔訳〕
更級日記　江國香織〔訳〕
平家物語1〜4　古川日出男〔訳〕
日本霊異記・発心集　伊藤比呂美〔訳〕
宇治拾遺物語　町田康〔訳〕
方丈記・徒然草　高橋源一郎・内田樹〔訳〕
能・狂言　岡田利規〔訳〕
好色一代男　島田雅彦〔訳〕
雨月物語　円城塔〔訳〕
通言総籬・仕懸文庫　いとうせいこう〔訳〕
春色梅児誉美　島本理生〔訳〕
曾根崎心中　いとうせいこう〔訳〕
女殺油地獄　桜庭一樹〔訳〕
菅原伝授手習鑑　三浦しをん〔訳〕
義経千本桜　いしいしんじ〔訳〕
仮名手本忠臣蔵　松井今朝子〔訳〕
松尾芭蕉／おくのほそ道　松浦寿輝〔選・訳〕
与謝蕪村　辻原登〔選〕
小林一茶　長谷川櫂
近現代詩　池澤夏樹〔選〕
近現代短歌　穂村弘〔選〕
近現代俳句　小澤實〔選〕

＊以後続巻
＊内容は変更する場合もあります